ホイッパーウィル川の伝説

キャシー・アッペルト＆アリスン・マギー　訳＝吉井知代子

ホイッパーウィル川の伝説

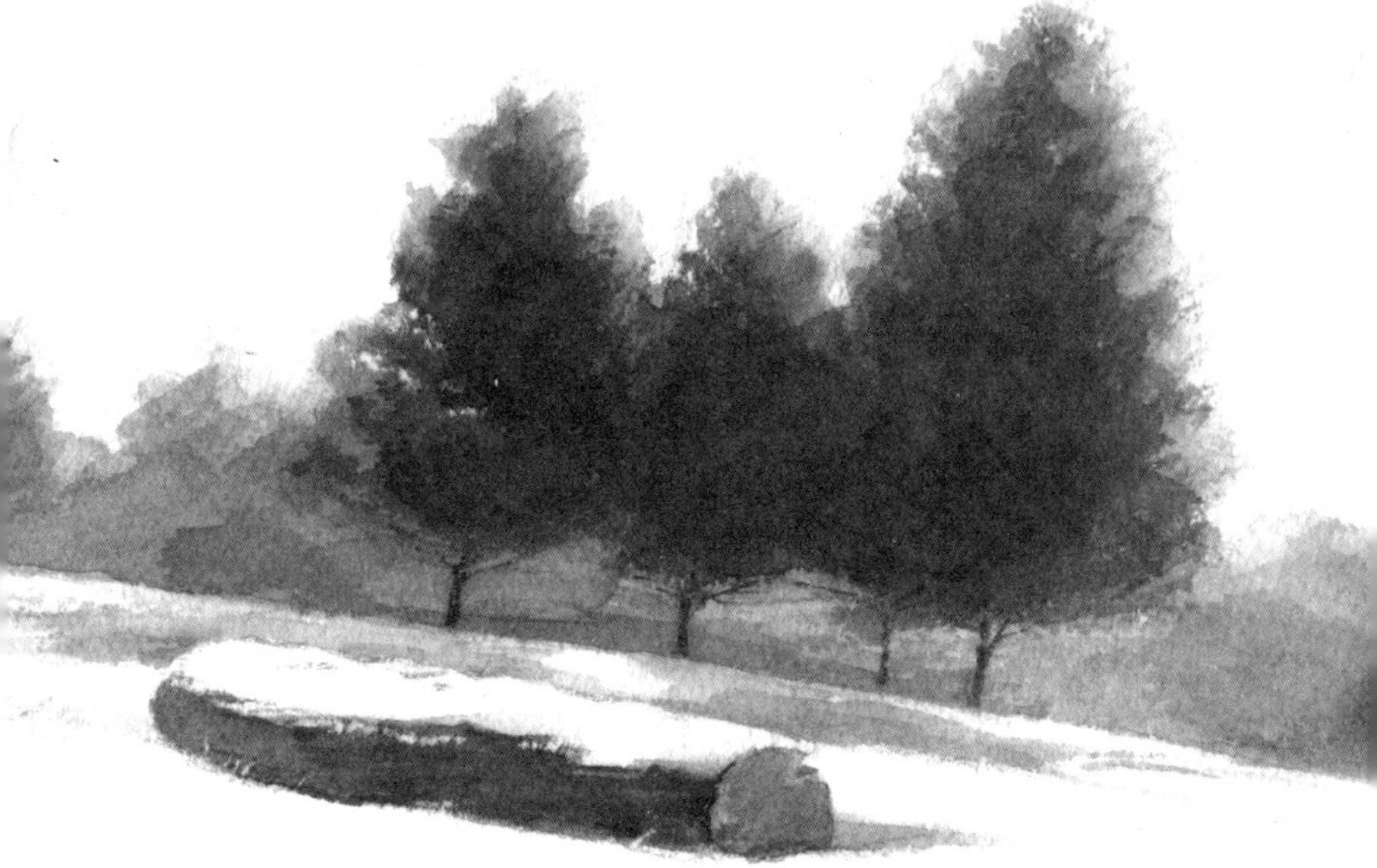

もくじ

MAYBE A FOX
by Kathi Appelt and Alison McGhee

Originally published by Atheneum / Caitlyn Dlouhy Books

Published by arrangement with Pippin Properties Inc.
through Rights People, London
through Japan UNI Agency, Inc., Tokyo

イラストレーション／伊藤彰剛
ブックデザイン／城所潤＋大谷浩介（ジュン・キドコロ・デザイン）

M・T・アンダーソン、ニコル・グリフィン、
マリオン・デーン・バウアーに愛をこめて。

雪のなか、キツネがまた
わたしの小屋へ来るなら

そのとき、冬がすべてを白くする
丘《おか》は立ちあがって北へ向かい
夜も立ちあがって、いとまをつげ
夜明けの光が現れ、火は消える

丘《おか》をかけおりてくるのはあの炎《ほのお》
おどるトネリコの冬木のあいだをぬけてくる
わたしは彼《かれ》のためにドアをあけはなつ

パトリシア・ファーグノリ

第1章

1

ジュールズ・シャーマンは毛布のなかで、お姉ちゃんのシルヴィが部屋から出ていく音を聞いた。すぐにベッドをおりて、あいたままのドアをバンとしめる。ジュールズは怒《おこ》っていた。わたしのことをなんだと思ってるのよ。きのうもシルヴィは玄関《げんかん》ポーチの階段にわたしを置きざりにして走りだし、ウェーブした赤茶色の髪《かみ》をふわっとなびかせ、森のなかへ消えていった。待ってよ！　お願いだから待って！　といったのに、聞いてくれなかった。

シルヴィはいつもそう。いきなり走りだす。ジュールズは何度も何度も置いていかれた。ひとりぼっちにされた。

怒《いか》りがこみあげ、顔が熱くなった。バンとしめたドアの振動《しんどう》を感じながら、きょうもひとりで立っている。まだ早朝だった。部屋の窓から日は入らず、ドアの下から廊下《ろうか》の明かりが細くさしこんでいるだけだ。

そんなわずかな光でも、シルヴィのお気に入りのTシャツは見えた。シルヴィのベッドに、きょう着るつもりのセーターやジーンズとならべてあった。ジュールズはちょっとためらったけれど、Tシャツをつかみ、窓のところへ行って、幅《はば》の広い下枠《したわく》にならべてあった石をかきあつめ、がさっとTシャツの上にのせた。やっちゃった！　シルヴィは絶対いやがる。大事な大事なTシャツだから。

Tシャツは薄地《うすじ》で手ざわりがよく、コットンとココナッツシャンプーとシルヴィのにおいがする。ジュールズは深呼吸してにおいをかいだ。シルヴィはココナッツシャンプーが大好きだ。とにかく、ココナッツの香《かお》りがするものはなんでも大好き。ココナッツアイスクリーム。ココナッツキャンディ。ココナッツキャンドル。クリスマスにサムからもらったココナッツキャンドルももちろんお気に入り。ココナッツは〝シルヴィの香《かお》り〟なんだって自分でいっている。

〝ジュールズの香《かお》り〟はなんだろう。ココナッツじゃないのは確かだ。

Tシャツからベッドに石をざらざらとあけ、本棚《ほんだな》やたんすにならべてあった石も、クリスマスにパパがつくってくれた木箱のなかの石も全部、同じようにしてベッドにひろげた。シーツと毛布でできた山と谷に石があふれていた。枕《まくら》をどけてあいたところへも、石をすくってごろごろ転がした。

ひもにつるして首からかけていたルーペをパジャマの下から引っぱりだす。最近パパにもらったばかりのルーペだ。レンズの大きさは二十五セント硬貨《こうか》（直径二・四センチ）と同じくらいで、明るいLEDライトがついている。

「石マニアなら、これを持ってないとな」パパはいった。

このレンズを通せば、なんでも十倍に拡大されて見える。ジュールズはルーペを石の表面に向けてのぞいた。いろいろな成分が重なりあってできた筋や、採掘《さいくつ》のときピックで削《けず》られたり、氷河のような、なにか自然の大きな力が働いて割れたりしてできた、なめらかで光沢《こうたく》のある角がはっきりわかった。何千トンもの氷がすべっていくとき、こすれて石をなめらかにしたのかもしれない。

こうしてLEDライトをつけて石にかざしていると、ライトが小さな太陽で、石が太陽に照らされる惑星《わくせい》みたいだといつも思った。ベッドにひろげたシーツとあたたかいフリース毛布が銀河。ジュールズ・シャーマンの〝シャーマン銀河〟だ。

ジュールズは石を分類しはじめた。まず火成岩《かせいがん》、堆積岩《たいせきがん》、変成岩《へんせいがん》という三つのグループに分けた。つぎにそれぞれのなかで、大きさごとにまとめていった。それから、縦にならべたり、横にならべたり、円形にならべたりした。こうやって分類して、ならべていると、気持ちが落ちついてきた。手を動かしながら、石の名前をつぶやく。「大理石。粘板《ねんばん》岩《がん》。結晶片岩《けっしょうへんがん》。珪岩《けいがん》。砂岩《さがん》。燧石《すいせき》。苦灰石《くかいせき》」

石には四つ目のグループもあるけれど、それには科学的な名前はついていない。〈願い石〉と呼んでいる。川へ投げるための石だ。願い石はならべてかざらず、もうはかないからとパパがくれた縞《しま》模様の靴下《くつした》のかたわれに入れていた。その靴下《くつした》はジュールズとシルヴィがふたりで使っているクローゼットのなかの靴《くつ》やブーツの横にしまってあった。

ほとんどの願い石はジュールズが自分で見つけたもので、森へ行く道のそばで拾った石もあったし、最近では石専用のハンマーを使って採掘《さいくつ》した石もあった。その石専用ハンマー、エストウィングE13Pは、お金をためて買うまでにずいぶん長くかかった。ようやくお金がたまっても、町のホブストン金物店へ行き、店のボウエンさんにとりよせてもらわなくてはならなかった。それに、パパからは安全ゴーグルもいっしょに買うのでなければ、ハンマーを買ってはいけないといわれた。

「目をけがしたくないでしょ、ジューールズ？」シルヴィはいった。もちろんけがはしたくないし、本物の石マニアなら安全ゴーグルをかけずに採掘《さいくつ》することなどありえない。ジューールズもそれはわかっていた。だけど、ハンマーとゴーグル、両方のお金がたまるまでがまんするのがつらかったのだ。すると、シルヴィがびっくりするようなことをした。なんと、十ドルも貸してくれた！　おかげでジューールズはすぐにハンマーを注文できた。シルヴィはいつもこういうことをするんだよね。

ゴーグルのことを思いだしたら、シルヴィへの怒《いか》りがすこしおさまった。でも、完全に許したわけではない。やっぱり置いてきぼりはいやだ。ジューールズはルーペのライトを消して、パジャマのなかへ入れた。

また石に集中しようと、ベッドにきちんとならべた石に目を向け、そのなかのお気に入りに手をのばした。はじめは深緑と黒のまだら模様をした小さな大理石にしようかと迷ったけれど、はっと気がついた。これはシルヴィが校外学習でダンビー大理石場へ行ったときに持ちかえってくれた石だった。大理石は、粘板岩《ねんばんがん》と花崗岩《かこうがん》といっしょに、ここ、ヴァーモント州の州石だ。ジュールズはひんやりとしてなめらかなこの大理石が大好きだった。ほおに当てたときの感触《かんしょく》がすごく好き。

でも、今朝はだめ。きょうは大理石を選ばない。シルヴィに怒《おこ》っているんだから。かわりに青みがかった灰色の粘板岩《ねんばんがん》にする。うちの近くを流れるホイッパーウィル川のそばで拾った石だ。ジュールズは角ばったところを指でさわった。水切り石にぴったりの形だ。でも、これを川に投げてしまうなんて想像もしたくない。川に投げるための石もあれば、シャーマン銀河のための石もある。これは手もとにおいて、粘板岩惑星《ねんばんがんわくせい》にする石。

「トントン！」

ドアの外からシルヴィの声がした。シルヴィはいつだって手でノックしないで、口でいう。そんな人いる？　ジュールズは置いてきぼりにされたくやしさもあって、トントンの声にいらっとした。

「入らないで」

「無理よ。ここはあたしの部屋でもあるんだから。わかってるでしょ。それに着がえなきゃ」

まずい！　Tシャツ！　シルヴィの大事なジョイナーTシャツ。ジョイナーはシルヴィのあこがれの人、フローレンス・グリフィス＝ジョイナーのことだ。女子百メートル走の世界記録保持者で、シルヴィはその記録をやぶることを夢みている。それもあってシルヴィはいつも走っているのだと、ジュールズはわかっていた。だけど、わかっていたって、やっぱりくやしい。競技場のトラックや近所の道、いろいろなところをダッシュして、小さくなっていくシルヴィの後ろ姿しか見ていないような気がすることもあった。ジュールズはTシャツをできるだけきれいにのばして、シルヴィのベッドにもどした。シルヴィはいつも起きるとすぐにベッドをととのえ、服をならべた。ジュールズのベッドはというと、いつも乱れていた。大がかりな石の分類をしているときはとくにベッドがぐちゃぐちゃになる。いまみたいに。

「トントン！　ねえ、ジュールズ、入れて」

「かぎなんてないでしょ。知ってるくせに」

この部屋のドアにかぎはなかった。ジュールズはまだ怒《おこ》っていたけれど、自分ならノックしないでずかずか入るはずで、そうしないお姉ちゃんはやっぱりさすがだと思った。ドアノブが回って、すらりと背の高い、パジャマ姿のシルヴィが入ってきた。シルヴィはいきなりきいてきた。

「どうして怒《おこ》ってるの」

「怒《おこ》ってない」ジュールズはうそをついた。

シルヴィは、これが気持ちを落ちつけようとしている証拠《しょうこ》じゃないのというように、ベッドにならんだ石を指さした。

「どうしたの。いってごらん。たったひとりのお姉ちゃんなんだから」

「やだ」

「どうして？　あたしじゃだめ？　どこかに、別のお姉ちゃんがいるとか？」

シルヴィはならべてある石をくずさないように気をつけてジュールズのベッドにすわった。それからくしゃくしゃの毛布の上で人さし指をヘビみたいに動かして、ジュールズのほうへ近づけてくる。小さいころからシルヴィはいつもこれをして妹を笑わせてきた。

ジュールズは笑ってしまわないように顔をそむけた。

シルヴィは指のヘビをやめて、石のなかから黒曜石を手にとった。そうして、この光沢《こうたく》のある小さな卵型の石をてのひらにのせた。

「ママがこれをジュールズにあげたときのこと、おぼえてるよ。四歳《さい》の誕生日だよね。ジュールズはとっくに石に夢中だった」シルヴィは目をぐるっと回して、あきれ顔をしてみせた。「ほんと、石マニアの四歳児《さいじ》なんている？」

もうやめて！　シルヴィったら、またママの話をする。ジュールズはシルヴィの手から黒曜石をとりかえした。黒曜石は火山岩だ。火山の蒸気とガスが強く吹《ふ》きだして、とけたマグマが流れだし、それが冷えて、こんなにかたく、ぎらりと黒光りする石になる。いまのジュールズの心もかたくてぎらりと黒光りしていた。

「シルヴィとパパは秘密クラブみたいだよね」

「なにいってるの？」

「シルヴィとパパがママの話をするとき、わたしがどんな気持ちになるか、わかる？」

シルヴィは首をかしげた。ジュールズはかまわずつづけた。「ママのことは全部おぼえてますって感じでさ」ジュールズは親指で黒曜石のなめらかな表面をなでた。「でも、わたしはどう？　ほとんどおぼえてない。ママのことで思いだせるのは、髪《かみ》の毛くらい。ママの髪《かみ》の毛は……色は……」

ジュールズは話すのをやめて、黒曜石をベッドの上で縦にならべた火成岩《かせいがん》の列にもどした。

「あたしと同じ。ママの髪《かみ》の毛はあたしと同じ色だった。そういいたかったんでしょ？」

シルヴィがいった。

ジュールズはうなずいた。そうだよ。そういおうとした。

いわずにがまんしたこともある。それはどんなに努力しても、ママの記憶《きおく》がどんどん小さくなっていくということ。ひとつひとつの記憶《きおく》が折りたたまれて小さくなって、十倍に拡大するルーペでも見えそうにない。

2

「あたしはママ似かもね。でもジュールズはパパ似だよ。それでおあいこじゃない？」シルヴィがいった。

ジュールズはベッドのシャーマン銀河を見つめた。石を分類してならべたせいか、はじめは混沌《こんとん》としてひろがっていた銀河がこぢんまりまとまって見えた。青みがかった灰色の粘板岩《ねんばんがん》はまだ手に持っている。きょうのお気に入りに、シルヴィにもらった大理石を選ばなかったことが小さな抵抗《ていこう》だった。そんなことをシルヴィは知らないけれど、それでジュールズは満足だ。お姉ちゃんと妹だからって、おたがいのことをなんでも知っている必要はないよね？　シルヴィはまた指をヘビのようにくねらせて毛布の上をはわせてきた。ジュールズを笑わせたいのだ。シルヴィはいっときでも仲が悪くなるのをいやがった。いつも〝ふたりきりの姉妹《きょうだい》じゃない。助けあわなくちゃ〟といっていた。そのとき、シルヴィがふと窓の外を見た。

「わあ！　雪だ！」

「雪？　ほんとに？」

ジュールズもベッドからおりて、ふたりならんで窓ガラスの向こうを見た。大きな雪がふっている。見たところ、もう何センチかつもっていた。シルヴィはぴょんぴょんと跳《は》ねだした。ジュールズはうれしい気持ちが、お姉ちゃんに対するぴりぴりした気持ちのなかに入りこんでくるのを感じた。

「急げば雪だるまファミリーをつくる時間があるよ。早く！　ブーツをはいて！」シルヴィがいった。

ふたりは雪だるまが大好きで、雪がふるたび小さな雪だるまの家族をつくっていた。ジュールズは粘板岩《ねんばんがん》をベッドに置いたけれど、変成岩《へんせいがん》の列にはもどさなかった。いまは自由な惑星《わくせい》にしておきたかった。石のことと、怒《おこ》っていたことは、後回しにしよう。

「急いで！」シルヴィはパジャマの上からパーカーを着て、手にミトンをはめた。

「わかってる」さっきまでの怒《いか》りは消えた。ジュールズもパジャマの上にパーカーを着て、ミトンをはめ、お姉ちゃんを追いかけていき、キッチンのドアの前に置いてあったブーツに足を入れるとぐいっと引っぱりあげた。ブーツをはいたとたん、シルヴィに手を引っぱられてキッチンのドアをぬけた。それから玄関《げんかん》ポーチへ回り、階段の上から一、二の三でジャンプした。ふたりはフランネルのパジャマにパーカーという格好で冷たい空気のなかにとびだした。

のろまと、せっかち。ぽっちゃりと、やせっぽち。十一歳《さい》と十二歳《さい》。ジュールズとシルヴィ。「ふたりは仲良しコンビ」とパパはいう。「ふたりきりの姉妹《きょうだい》」とシルヴィはいつもいう。いまは本当にふたりっきり。ふたりは雪に舞《ま》うユキホオジロ、雪娘《ゆきむすめ》、雪姉妹《ゆきしまい》。新しくふった雪の、冷たく澄《す》んだにおいをかいだとたん、ジュールズの怒《いか》りの気持ちはどこかへ消えた。

「この雪なら、かためやすいね」シルヴィがいった。ジュールズもブーツでふんだあとに固い足跡《あしあと》ができたのを見て、同じことを考えていた。

「うん。早くつくろう」

雪はひらひらと舞《ま》う白い蛾《が》のようだった。ジュールズは両手で包んで雪の蛾《が》をつかまえた。雪の蛾《が》は青いミトンの上にすこしとどまってから、とけてしみこんだ。ジュールズは大きく息を吸いこむ。この雪は空からの贈《おく》り物《もの》。だって、この前にふったのが今年最後の雪だと思っていたから。日に日に昼が長くなり、暖かくなってきたので、もう雪はふらないと思っていた。小さな雪だるまファミリーをつくって、玄関《げんかん》ポーチの横や大きなカエデの木の下、郵便受けのまわりやなんかにならべるのももう終わりのはずだった。ところが、いままたふっている。

そしてジュールズはパジャマにブーツという姿でその雪のなかにいた。雪の蛾《が》はふたりのまわりにどんどんふりつもっていく。

「きょうのファミリーはどこに置く？」ジュールズはぐるりと回りながらいった。

あちこちにならべてあった雪だるまは半分とけて、たおれかけ、雪というより氷になっていた。そういえば、ブーツの下の雪も半分氷になっている。昼間にとけた雪が、夜、気温が下がってこおったのだ。歩くとパリパリとおもしろい音がした。

「奈落《ならく》の淵《ふち》へ行く道に出るとこはどうかな。あそこなら置く場所がいっぱいあるよ」シルヴィは森のなかの川へとつづく小道を指さした。

ジュールズは冷たい空気を吸いこみ、ぶるっとふるえた。「いいけど、パパに怒《おこ》られるかも」

「パパにはわからないでしょ。そうじゃない？」

ジュールズはうなずいた。パパとの約束があるけれど、パパは一時間ほど前に仕事へ出かけたので、見つかることはない。もちろんジュールズは絶対だまっているつもりだった。

〝ふたりきりの姉妹《きょうだい》、助けあわなくちゃ〟

パパとの約束は全部、ジュールズもシルヴィもそらでいえた。


家から呼ぶ声が聞こえないほど遠くへ行ってはいけない。

野生動物に手を出してはいけない。

スクールバスに乗りおくれてはいけない。

なにがあっても、絶対に、奈落《ならく》の淵《ふち》に近づいてはいけない。

ふたりはこれを〈パパ憲法〉と呼んでいた。奈落《ならく》の淵《ふち》へ行く道の入り口に雪だるまファミリーがあったら、それはぎりぎりうちの敷地内《しきち》とはいえ、ふたりがあの道に出たのではないかとパパは思うだろう。あの道から奈落《ならく》の淵《ふち》へ行くことは、パパ憲法のなかでも、いつも最後に厳しくいわれる、いちばんいけないことだ。ジュールズはパパにもらったライトつきのルーペをお守りのようににぎった。

「だいじょうぶだよ。夜、パパが帰ってくるころにはもうとけてる。心配することない。急いでつくっちゃおう」

これもふたりのちがうところ。シルヴィはすぐ行動するけど、ジュールズは時間をかけてじっくり考える。たとえば、パパは雪の日にパジャマのまま外へ出てはいけないといったことはないけれど、許すわけがないのをジュールズはわかっていた。ブーツをはいて、ミトンをはめて、パーカーを着ていたって関係ない。

だけど、シルヴィのいうとおりだった。パパにわかるわけない。パパはもう製材所へ出かけた。こんなふうにパパが先にピックアップトラックで仕事へ行き、そのあとジュールズとシルヴィがスクールバスに乗ると決めたのは最近のことだ。パパはふたりを家に残して先に出かけるのをいやがったけれど、シルヴィがお姉ちゃんらしく、「パパ、あたしたち、ちゃんとできるよ」といって、パパを安心させた。それから三か月、うまくいっていた。うまくどころか、ずっといい。約束事に厳しいパパがいないおかげで、新しい雪のなかにとびだし、雪だるまファミリーをつくるなんてこともできるのだ。かためやすい雪は貴重なので、このチャンスを生かさなくちゃもったいない。もっと寒いと雪がさらさらでくっつかないし、気温が上がると雪はとけはじめる。

「バスに乗りおくれるな」というのも、パパがいつもいつも注意することだ。それから、こうつけくわえる。「パパはシルヴィとジュールズを信じている」と。

パパはこういうことをいって、ふたりが気をつけるように仕向けているのだ。まさかバスの時間がせまっているというのに、信頼《しんらい》するふたりがパジャマのまま雪だるまをつくっているなんて夢にも思わないだろう。でもシルヴィはさっそく小さな雪の玉をころころとつくりだしていた。ひとつできたら、もうひとつと、夢中でつくっていく。

「シルヴィはお父さん雪だるまをつくってよ。わたしは女の子の雪だるまをつくる」

ジュールズもその気になった。

ずいぶん前から、こうして雪だるまファミリーをつくってきた。自分たちの家族みたいな、小さな雪だるまのお父さんと子どもたちをつくって家のまわりにならべた。ときには、川向こうに住んでいるポーターさん一家とか、友だちまでつくることもあった。シルヴィの話では、これをはじめたのはママだった。小さな雪だるまなら、小さな子でもちょっと手伝ってもらえばつくれるからだろう。

「お母さん雪だるまも忘れちゃだめよね。お母さんはあたしがつくる」シルヴィがいった。

「だめ！　わたしがつくる！」おさまったはずの怒《いか》りがまたぶりかえしてきた。

シルヴィはジュールズのきつい口調におどろいたようだった。ジュールズも自分の口調が変わったのがわかった。だけど、どうしてお母さんをつくるのはいつもお姉ちゃんなの？　ジュールズはシルヴィの視線を感じながら、青いミトンでポンポンと雪をかためて小さな玉をつくった。そしてできたお母さん雪だるまを、シルヴィが道の入り口に置いたお父さん雪だるまのとなりにならべた。お父さん雪だるまは小枝の腕《うで》を左右にひろげて、雪だるまの娘《むすめ》たちを通せんぼうしているみたいだった。

「できた。完璧《かんぺき》な雪だるまファミリー。今年の冬はこれで終わりだね」ジュールズがいった。

シルヴィはお母さん雪だるまを手にとると、円くならべたファミリーのまんなかに置きなおした。ジュールズは、どうして置きなおさなきゃいけないのよ、といいかけたけれど、シルヴィの目を見たら、なぜかいえなくなってしまった。ママが死んで何年もたつのに、シルヴィはママをとても恋《こい》しがっている。ジュールズだってもちろん恋《こい》しかったけれど、シルヴィの気持ちとまったく同じではないとわかっていた。シルヴィの感じているような恋《こい》しさって、どこまで大きくなるものなんだろうと思うことがあった。

「ママはつもりたての雪が大好きだった。あたしたちと同じだね」シルヴィはいった。

3

パーン！　まったく突然《とつぜん》に銃声《じゅうせい》がひびいた。遠く、たぶん川向こうから聞こえたのだろう。クマだ。

凶暴《きょうぼう》なクマが川向こうの農家のニワトリをおそっていると、パパから聞いていた。騒動《そうどう》が起きたというように、鳥が鳴き声をあげた。何十羽ものショウジョウコウカンチョウと、アメリカコガラ、アトリの仲間、それにムクドリの群れがいっせいにけたたましく鳴きだし、木の枝につもっていた雪がドサッと落ちて渦巻《うずま》いた。ジュールズは冷たい空気を吸いこんだ。そろそろ家へもどったほうがいい。ところがシルヴィを見ると、別のことを考えているのがわかった。また置いてきぼりにするつもりだ。

「だめだよ、シルヴィ。絶対だめ。もうバスが……」

でもシルヴィは笑顔《えがお》でこたえた。「まだ時間はあるよ。すぐもどるから。試合に向けて体をつくっていかなきゃいけないしね」

シルヴィは陸上チームのスター選手で、学校一速い短距離《たんきょり》走者だ。二番目に速いのはリズ・レディングだけど、シルヴィの記録には全然およばない。

「やめて。お願い。着がえなきゃ。それにわたし、こごえそう」

シルヴィは雪だるまファミリーの横に立ったまま動かなかった。そこから奈落《ならく》の淵《ふち》まで道がつづいている。

「用事があるの」そういって、シルヴィはポケットをポンポンとたたいた。

うそ。だめ、だめ、だめ。そのポケットになにがあるのか、ジュールズはわかっていた。願い石だ。クローゼットにしまってある、願い石でふくらんだ縞《しま》模様の靴下《くつした》が目にうかぶ。シルヴィはあそこから石をとったの？　きっとそうだ。あの特別な石かもしれない。きのうジュールズが入れたばかりの縞《しま》のある片麻岩《へんまがん》で、奈落《ならく》の淵《ふち》に投げるのにぴったりな石。シルヴィが奈落《ならく》の淵《ふち》へ願い石を投げに行くと思いたったのなら、ジュールズにもだれにも止められない。

「やめて。もう時間がないよ」

バスに乗りおくれたら、パパは怒《おこ》るだろう。奈落《ならく》の淵《ふち》へ行ったとわかったら、もっと怒《おこ》る。ジュールズとシルヴィはこれまで一回もバスにおくれたことはなかったけれど、パパにはないしょで、奈落《ならく》の淵《ふち》へは何十回も、何百回も、とにかく数えきれないほど行っていた。家からはそんなに、というか全然遠くはなくて、ただ森へつづく道をまっすぐ行くだけだった。その道のことも、ホイッパーウィル川の流れが激しいことも、どこまで川に近づけるかもよく知っていた。シルヴィ・シャーマンにはこんなモットーがあった。〝足をぬらさなければ安全〟

実際、これまでずっと安全だったじゃない？

そう、安全だった。

シルヴィは、小さなお母さん雪だるまとお父さん雪だるま、姉妹《しまい》の雪だるまの横に立っていた。髪《かみ》には、青地に黄色いキンポウゲの刺繍《ししゅう》がある、お気に入りのヘアバンド。もとはママのヘアバンドだった。それをシルヴィはほぼ毎日つけている。ジュールズは急にほしくてたまらなくなった。あのヘアバンドをとれば、シルヴィがそっちに気をとられて奈《な》落《らく》の淵《ふち》へ行くのをやめるかもしれない。

「ねえ、ヘアバンド、わたしがつける番だよ。貸して」ジュールズが手をのばした。

ところがシルヴィはその手をかわして、雪の上にかがみこむと、クラウチングスタートの姿勢をとった。

「シルヴィ、だめだよ」

シルヴィは顔を上げてほほえんだ。「つかまえてみて」

できるわけがない。それはふたりともわかっていた。シルヴィをつかまえることなんてできない。シルヴィは走るのが速すぎて、うまく止まれないときがあった。ザザザッとずいぶんすべってからようやく止まることも多かった。木の枝や玄関《げんかん》ポーチの手すりをつかんでスピードを落とすこともあって、まるでブレーキがない乗り物みたいだった。

「お願いだよ、シルヴィ。バスにおくれちゃう」

「心配しないで。すぐもどるから」

そういわれても、ジュールズの全身から「だめ」という感情がどんどんわいてくる。だめ。行かないで。シルヴィの手をつかんで引きとめようとした。だめだめ、行っちゃだめ。

でもシルヴィはつかまれたとたん、ぐいっと強く手を引いたので、オレンジのミトンがぬげて、ジュールズはうしろによろけた。ジュールズは体勢をもどして、手につかんだミトンをふった。白い雪にオレンジの炎《ほのお》がゆれているみたい。もどってきて！　でもシルヴィはもう走りだしていた。ミトンがぬげた片手をパーカーのポケットに入れて。

こうしてまた、ジュールズは置いていかれた。

4

本当にシルヴィがバスにおくれたことなんてない。だって、すごく足が速いもの、すぐにもどってきて着がえれば、いっしょに家の前の道まで走って、バスに乗れる。バスにはサムが乗っていて、いつものシートにジュールズたちもつめて三人ですわるのだ。

ジュールズはあたたかい家へ入り、ベッドの石を窓の下枠《したわく》や本棚《ほんだな》、木箱のなかなど、定位置へ順々《じゅんじゅん》にもどしていった。粘板岩《ねんばんがん》が最後だ。よし。これで終わり。でも、なにかしっくりこない感じがしたので、シルヴィがくれた大理石をとって、パーカーのポケットへ入れた。ちょっと落ちついた。

もう、シルヴィは奈落《ならく》の淵《ふち》に着いているだろう。

奈落《ならく》の淵《ふち》についてはいろんな話があった。森林保護官をしているサムのお父さんによれば、この淵《ふち》は地質学上のめずらしい現象である地殻《ちかく》変動が起きてできたものだという。小さな地震《じしん》によって川底が陥没《かんぼつ》し、もとからあった地下の大空洞《くうどう》に川が急激に流れおちることになった。川はそのまましばらく地下を流れるが、百メートルほど下流でまた地上にわきだし、静かな小さいよどみをつくって、その後、「そういえば川だった」と思いだしたかのように、また南へと流れていく。

この説明はジュールズにもよくわかった。

こんな話もある。近所に住んでいるハーレスのおばあさんが教えてくれた川の兄弟の伝説だ。ハーレス家は代々《だいだい》川のそばに住んでいるので、よく知っているのだろう。

「昔、ある兄弟がいた。ふたりはともに美男で、同じ娘《むすめ》を好きになった」――ふたりとも娘《むすめ》への思いはつのるばかりで、とうとうあせるあまり、どちらかを夫に選んでほしいと娘《むすめ》にたのんだ。娘《むすめ》は困りはて、そんなことはできないと答えた。ふたりとも大好きだったのだ。そこで兄は「川に決めてもらおう」といった。地下の空洞《くうどう》を流れる川を泳ぎきり、先に池に出たほうが娘《むすめ》と結婚《けっこん》することに決まった。以前にカメやガンが強い流れを泳ぎきり、数分後に静かな池へ出てくるのを見たことがあったのだ。

そこで兄弟は服をぬぎ、握手《あくしゅ》をかわした。そしてたがいの名前を呼びながら川にとびこんだ。すぐに体の小さい弟が恐怖《きょうふ》におそわれ、強い流れを逃《のが》れて、並木のある岸へ泳いでもどろうとした。屈強《くっきょう》な兄はおどろいて、弟のあとを追いかけようとした。しかしおそかった。ふたりとも、水流にとらわれ、ぬけだすことはできなかった。川はふたりをのみこみ、川底へ引きずりこんだ。

百メートル下流で、川は兄ひとりをはきだした。兄はなんとか生きていたものの、川底に網《あみ》のように張った木の根に打ちつけられ、体じゅう、打ち身とすり傷だらけだった。木の根には大枝や落ち葉、カメもからまっていた。兄は暗がりでつき出た岩にぶつかってあざができ、衰弱《すいじゃく》しきって、自力で岸に上がることもできないほどだった。

それよりも弟だ。弟はどこにいる？　兄は弟の名前を何度も何度も呼びつづけた。だが返事はなかった。川は弟を戦利品としてせしめたのだった。

兄は回復すると、娘《むすめ》と結婚《けっこん》した。結婚式《けっこんしき》は地味で悲しいものだったが、弟がいないことでいっそうつつましく感じられた。兄は、あの日、地下の川のなかであったことをだれにも話さなかった。

結婚《けっこん》したふたりは年をとっていった。たくさんの子をもうけた。やがて死期が近づき、老いて美男ではなくなった兄は、もうこれ以上おそろしい秘密をかかえていられなくなり、ついに告白した。

「わたしは弟の手をにぎっていた。いっしょに水面へ上がろうと、必死で引っぱった。だが力つき、とうとう……手をはなしてしまった」

長年とじこめていた涙《なみだ》があふれ、老いた兄のほおを伝った――。

ジュールズはこの兄弟の伝説を聞くたびに不安になった。奈落《ならく》の淵《ふち》で激しい水流にのまれて穴の下へ引きずりこまれたらと思うと、胸がどきどきする。そうやってジュールズがこわがっているのは、パパにとって都合がよかったのだが。

「絶対に奈落《ならく》の淵《ふち》に近づいてはいけない」

何回いわれただろう。数えきれないくらい。決めごとには厳しいけど、ジュールズは物静かで強いパパが大好きだ。パパの名前はチェス・シャーマン。鼻歌をうたいながら新聞を読むところや、夜、終わった宿題を見たあとで「こちら、シルヴィとジュールズのパパ。チェック完了《かんりょう》」といってサインをするのも大好きだった。

ジュールズはパパが「シルヴィとジュールズのパパ」というときはいつも、娘《むすめ》たちをぎゅっとハグするのと同じ気持ちなんだと気づいていた。パパはあまり「愛している」とはいわないけれど、かわりにジュールズとシルヴィの父親であること、やさしいパパであることがうれしくてたまらないという様子でこの決まり文句を口にした。それにどういうわけか、パパがそう断言すると、ママがいない空間がうめられた。シルヴィはちがうかもしれないけれど、すくなくともジュールズにとってはそうだった。パパは生きて、息をして、ふたりのそばにいて、パパ憲法を念押《ねんお》しし、宿題にサインをし、食事をしたか、家事の分担をちゃんとしたかを確認《かくにん》する。ふたりを信頼《しんらい》し、大事にしてくれるパパがいる。

ジュールズがおぼえていたママの記憶《きおく》はだんだんうすれて、消えかかっていた。ママのお気に入りのマグカップが消えたみたいに。フラミンゴの絵がかかれたママのマグカップは、ジュールズがおぼえているかぎり、キッチンのシンクの上の出窓にずっと置いてあったのだけれど、ある日なくなっていた。ジュールズはあせって、家じゅう探しまわった。シルヴィも探した。でもマグカップはなかった。

なくなってしまった。ママみたいに。

「パパがどこかへしまったのかも。見ているのが悲しくなっちゃったのかもね」シルヴィがいった。

ジュールズはパパを悲しませるのはいやだった。だからそれから二度と、なくなったマグカップの話はしなかった。パパがなにも置かれていない出窓の前に立って、やっぱりマグカップがないのをふしぎに思っているみたいに首をかしげているときも、なにもいわなかった。

ジュールズがママのことでいつも思いだすのがマスタードの瓶《びん》だ。買い物から帰ったママが持っていた袋《ふくろ》からマスタードの瓶《びん》が落ちて、玄関《げんかん》ポーチの階段の下で割れ、黄色くなったガラスの破片が石敷《いしじ》きの道に散らばった。そのときママは「ああ！」といったきり、その場にくずおれた。

シルヴィが動かなくなったママの肩《かた》を何度も引っぱるのを、ジュールズはじっと見つめていた。それからシルヴィは凍《い》てついた道を走って、ハーレスさんの家の裏口まで行き、おばあさんを連れてきた。そのあいだジュールズは動けず、玄関《げんかん》につったっていた。体をふたつ折りにしたまま動かないママを見ることもできなかった。ただ、太陽のきらめくかけらみたいな、黄色いガラスの破片だけを見ていた。

「早く、早く、早く！」ジュールズはシルヴィに向かってさけんだ。

シルヴィはとても速かった。シカのように速く、オオヤマネコのように速く、六歳《さい》の女の子の全速力で走った。でもシルヴィがどんなに速く走っても、ハーレスのおばあさんはママを助けられなかった。だれにも助けられなかった。

そのあと、ハーレスのおばあさんはふたりをソファにすわらせ、歌をうたってくれた。ふたりにしか聞こえないような小さな声で、ふたりが泣きやむまでそっとうたってくれた。

心臓まひだったと、医師も救急車の運転手も、みんながそういった。パパも。

七年前。割れたマスタードの瓶《びん》。

いま。消えたフラミンゴのマグカップ。

「ママはおまえたちふたりを愛していたよ」と、パパは何度もくりかえした。

ママが亡《な》くなってまもないころ、シルヴィはママがときどきそう遠くないところで、わたしたちを見てくれているような気がするといった。

「ママ、どんなところにいるの？　もしかしたら、屋根の上とか？」ジュールズがきいた。

屋根はちがうと思うと、シルヴィはいった。けれどそれから、ふたりは〝もしかしたら〟の空想ゲームをするようになった。はじまりはいつも同じ質問だった。

〝死んだら、どうなるの〟

そのあと、順番に答えをいいあう。

もしかしたら、風になるかも。

もしかしたら、星になるかも。

もしかしたら、別の世界へ行くのかも。

いまジュールズはベッドにすわり、大理石をなでていた。ママがいまもわたしたちを見てくれていると、はっきりわかったらいいのにと思った。〝もしかしたら〟――そこまで考えて、ジュールズははじかれたように立ちあがった。シルヴィがいないのに、ひとりで〝もしかしたら〟の空想ゲームをするなんていやだ。ジュールズはジーンズをはいて、フランネルのシャツを着て、その上にセーターを重ね、ルーペをつるしているひもをにぎって、シルヴィが帰ってくるのを待った。ぎりぎりだけど、まだ時間はある。

もうすぐ帰ってくる。

5

シャーマン家の森を流れる川の向こうで、サム・ポーターがニット帽《ぼう》を耳まで下げ、家の前の長い道を歩いてスクールバスの乗り場へ向かっていた。親友のシルヴィとジュールズは、昔、サムのことを「特別《スーパー》な友《フレンド》だちサム」と呼んでいた。いまもときどき、ジュールズはこう呼ぶ。サムはもう七年生だけれど、そう呼ばれてもかまわなかった。ジュールズに呼ばれるのなら許せた。それに、ジュールズも森の外ではそんな呼び方はしなかった。

パーン！　遠くでライフルの音がして、サムは足を止めた。七面鳥の狩猟《しゅりょう》シーズンはまだだし、シカのシーズンはずいぶん前に終わっている。だれかがコヨーテを追っぱらおうとしているのだろうか。それともクマがうろついているのか。生まれて一年くらいの子グマがアーチャー羊牧場の近くで目撃《もくげき》されたので、牧場主のアーチャーさんがクマ退治を買って出たと、サムは父さんから聞いていた。子グマが外に出て、なにをしているのだろう。三月の後半になったが、クマが冬眠《とうみん》を終えるにはまだ早そうなのに。

耳をすました。なにも聞こえない。遠くでホイッパーウィル川の流れる音がしているだけだ。雪がふったので、もしかしたらクマはまた巣穴にもどるかもしれない。そうだといいのに。クマのためにも、羊のためにも。

サムは分厚いウールのコートのいちばん上までボタンをはめ、両手をポケットにつっこんだ。右手でポケットのなかの石にさわった。石は、兄さんのエルクがアフガニスタンで表彰《ひょうしょう》されてもらったメダルと同じくらいの大きさだった。ジュールズが特別なハンマーとルーペを使って川のそばで見つけてくれた願い石だ。願い石は、油性ペンで〝燃えるように熱い〟切なる願いを書いて、できるだけすぐ川に投げる。

サムは足もとに目をやった。新しくふってきた雪が革《かわ》のブーツのつまさきにつもっていた。シルヴィとジュールズがすごく喜びそうな雪だ。きっと家からとびだして、バスが来るまでにと大急ぎで雪だるまをつくっているだろう。サムはふたりがつくる雪だるまファミリーが大好きだった。とくに小さいサム雪だるまを仲間に入れてくれるとうれしかった。

サムはスクールバスが止まるところまで歩いていく。そんなに遠くはなく、八百メートルもないくらいだが、余裕《よゆう》をもって早めに家を出た。きょうはあるものを探していたから。特別なあるものを。

小道のわきにそびえるカエデの木からハイイロリスが鳴き声をあげてきたので、サムは大きな声で「まだわかんないけどね」といった。リスは答えず、しっぽをふって、かけていった。

ひとひらの大きな雪が鼻にのった。サムははらい落とした。三月の終わりに雪がふるのはめずらしいことではない。ヴァーモント州は寒いのだ。サムが生まれて十一年と六か月だが、七月と八月以外には、どの月にも雪を見たことがあった。これから先もずっとここに住んでいれば、七月や八月にも雪を見ることになるかもしれない。

だが今朝は、まだ一度も見たことがないものを見られるかもしれなかった。朝、起きてつけたラジオで、ホイッパーウィル川の北部にしかいないとされる伝説の動物を目撃《もくげき》したというニュースを聞いたのだ。

ピューマだ。英語でネコ科の野獣《やじゅう》を表すcatamount《キャタマウント》の一員だ。サムは、ネコ（cat）と山（mountain）の入ったその英語を気に入っていた。

ピューマはボブキャットやリンクスといったオオヤマネコとは一線を画す。フロリダ州や、カリフォルニア州、ノースダコタ州といった西部に仲間がいる。ケンタッキー州とテネシー州にも。共通しているのは大きな四角い顔と、長くしなやかなしっぽ。そして、どれもが群れず、ひっそり行動するのが特徴《とくちょう》だ。だがサムが探しているのはヒガシピューマと呼ばれる特別なピューマだ。一九三〇年代以降、はっきりと確認《かくにん》されてはいなかったが、毎年だれかが目撃《もくげき》情報を出していた。それを思っただけでも、サムの胸は高鳴った。今朝家を早く出てきたのは、ピューマのことを考えたからだ。

「毎年、目撃《もくげき》情報はあっても、本物のピューマがいると確認《かくにん》されたわけではないんだ」森林保護官をしているサムの父さんがいった。父さんのいうとおりだとわかってはいた。それでも、と思う。可能性はある。目撃《もくげき》情報は「もしかしたら」ということだから。

「リンクスやボブキャットだったのかもしれないわね。そのほうが可能性が高いでしょう。ピューマはこのあたりでもう何十年も見つかっていないもの」母さんもいった。

だからって、ここに一頭もいないってことにはならないじゃないか。

「ピューマ」サムはつぶやいた。右手で石をにぎり、強く念じた。サムは願い石を信じていた。ジュールズが見つけてくれるのは最高の石ばかりだ。この一年は、兄のエルクがアフガニスタンから帰ってくるようにと願ってきた。一年間、願い石にそればかり書いて、何度も川に投げこんだ。〝エルクが帰ってきますように〟と。そうしたら、願いがかなったのか、二週間前、兄さんは帰ってきた。

サムはまた歩きだし、急ぎ足になった。ピューマの目撃《もくげき》情報のことを早くジュールズとシルヴィに話したかった。毎日、朝のバスでも夕方のバスでも、三人はふたりがけのシートにぎゅっとくっついてすわった。いつもサムがまんなかだった。

小さいころからずっと、シルヴィ、ジュールズ、サムがいっしょにいない日はほとんどなかった。

ジュールズ、十一歳《さい》。

サム、十一歳《さい》と六か月。

シルヴィ、十二歳《さい》。

三人とも、シャーマン家の森はすみずみまで知りつくしていた。ハーレスのおばあさんには「あんたたちは森の動物みたいだね」といわれていた。サムはまた石をなでた。

〝ピューマがもどってきますように〟

ジュールズとシルヴィといっしょに何年もずっとやってきたみたいに、この石を奈落《ならく》の淵《ふち》へ持っていって、激しい流れに投げるんだ。これはもちろんルール違反《いはん》だった。ポーター家でもシャーマン家と同じで、「なにがあっても、絶対に奈落《ならく》の淵《ふち》へ行くな」といわれていた。

サムはわざわざ決まりをやぶるような子どもではなかったが、願い石を投げるときは別で、奈落《ならく》の淵《ふち》の決まりだけ忘れることにしていた。そして、エルク兄さんはけがもなくぶじに帰ってきた。これは願い石となにか関係があるんじゃないか？　そうなると、つぎは……ピューマ。ひとつの願いがかなったのだから、もしかしたら、もうひとつもかなうかもしれない。

だけど、ハーレスのおばあさんの〝ジークが帰ってきますように〟という願いはかなわなかった。ジークはハーレスのおばあさんの孫息子《むすこ》で、両親が交通事故で亡《な》くなってからおばあさんに育てられた。ジークはエルクの親友だった。ふたりはいっしょにアフガニスタンへ行った。ハーレスのおばあさんが何十個もの願い石に同じ願いを書いて、奈落《ならく》の淵《ふち》へ投げいれていたことを、サムは知っている。

エルクは帰ってきてからずっと、ジークの話をしない。というか、とにかくひと言ふた言しか話さない。もらったメダルは父さんにわたした。父さんはエルクに返そうとしたけれど、エルクはただ首を横にふるだけだった。毎日、ふらりと家を出て、森へ入っていく。

「そっとしておいてやれ」父さんはいった。

サムは気にしないようにしたけれど、それは難しかった。一年留守にして帰ってきた兄さんは前とはちがう感じがした。紛争地《ふんそうち》から別人になってもどってきたみたいだった。

「がまんしてあげないとね。エルクは帰れたけれど、ジークは帰れなかった。エルクには時間が必要なの。これからどう生きていくかを考えなければいけないのよ」母さんがいった。

この先、ふつうにもどることはあるの？　サムはそうききたかったが、きかなかった。母さんと父さんはいまもじゅうぶん心配しているのだ。サムには学校があるし、シルヴィとジュールズがいて、いっしょに森で遊べるのだから、それでよかった。それに、ポケットには願い石もある。

サムはまた足を早めた。雪がふっている。新しい雪。

そのとき、朝の空気を切りさくように、キツネの甲高《かんだか》い鳴き声がした。サムはほほえんだ。キツネは幸運のしるしだと、だれだって知っている。

6

ジュールズはつもりたての雪をブーツのつまさきでけった。シルヴィのオレンジのミトンを自分の青いミトンではさんで丸め、鼻に近づけた。シルヴィのあたたかいにおいがする。おそくない？　奈落《ならく》の淵《ふち》は近くなのに。願い石をぽんと投げるくらい、そんなに時間はかからないよね。バスに乗りおくれちゃうよ！

ハーレスのおばあさんは川の兄弟の話をしたときに、願い石のことも教えてくれた。よい願いごとであれば、石は深く暗い川底で光を放ち、やがてこうこうと明るくなり、水中の星になるのだという。そうなれば、願いがかなう可能性は高い。

「ただし、この世でなによりもいちばん望む願いでなければいけないよ。燃えるように熱い、切なる願いでなければいけないんだよ」ハーレスのおばあさんはいった。

なるほど、とジュールズは思った。石は星から生まれたんだよね。全部ではないけど、そういう石もある。そういう石が空から落ちてくるときには燃えているから。

ジュールズはシルヴィとサムといっしょに、何百個、もしかしたら何千個もの願い石を奈落《ならく》の淵《ふち》へ投げていた。願いごとは油性ペンで書いた。

いちばんの問題は、ジュールズには〝燃えるように熱い〟切なる願いがないことだった。日常的な小さなお願いはあった。食器洗いをしないですみますように。歯の妖精《ようせい》から一ドル銀貨をもらえますように。夕食にスイカが出ますように。エストウィングE13Pのハンマーがほしいというのはかなり大きい願いごとだったけれど、それでもサムやシルヴィの願いごとにくらべたら小さかった。ふたりの願いはもっとずっと大きかった。

サムにはずいぶん前から、〝ピューマがもどってきますように〟という切なる願いがあった。でもジークとエルクがアフガニスタンへ行ってからは、サムの切なる願いは〝エルクが帰ってきますように〟にかわった。そしたらエルクは帰ってきた。ということは、サムの切なる願いは、またもとの〝ピューマがもどってきますように〟になったはずだった。

エルクはアフガニスタンへ出発する前、ジュールズとだけ話をするために家へ来たことがあった。

「ジュールズ、たのみがあるんだ」

エルクはジュールズの両肩《りょうかた》に手を置き、目をのぞきこんだ。いつもは静かでまじめだが、エルクが笑うと、まわりのだれもがつられて笑い、とくにジークは必ず笑顔《えがお》になった。親友ふたりはいつも笑いあっていた。でも、あの日うちに来たエルクはほほえみもしなかった。玄関《げんかん》ポーチには、エルクとジュールズのふたりきりだった。

「サムはおれが帰ってくるまでずっと願い石を川へ投げると思うんだ」

ジュールズはうなずいた。もちろんサムはそうするだろう。エルクはいいにくそうに体をゆらしたけれど、こういった。「おれたちが帰ってこなかったら、これを石の洞窟《どうくつ》へ持っていってくれないか」

エルクはジュールズの手をとって、二個の瑪瑙《めのう》をのせた。瑪瑙《めのう》もまたジュールズの好きな石だ。ジュールズは石を目に近づけてよく見た。二個の瑪瑙《めのう》は大きさも形も色も模様もそっくりだった。石が二個、こんなによく似ることとなんてあるの？

それからエルクは息を吸い、ゆっくりはきだした。「ジークとおれをたたえるために」

エルクはジュールズの指に手をそえて、瑪瑙《めのう》をにぎらせた。ジュールズはエルクのいっていることがすぐにはわからなかったけれど、やがて理解した。

「やってくれるかい」エルクはジュールズをまっすぐ見て、瑪瑙《めのう》をにぎりしめているジュールズの手をポンポンとたたいた。ジュールズはなんと答えればいいのかわからなかった。エルクが信頼《しんらい》してくれたことは誇《ほこ》らしい。でも、石の洞窟《どうくつ》がどこにあるのか、本当にあるのかもわからないのだ。

古くからの言い伝えで、シャーマン家の森のどこかに洞窟《どうくつ》みたいなものがあるらしいということだけは知っていた。何百年も前から人の目にふれることなく、ひっそりと存在する洞窟《どうくつ》だ。「先住民のアベナキ族が使っていたのではないかといわれたり、ノース人……つまりヴァイキングの聖なる場所だともいわれたりするんだよ。そうであっても、おどろかないね」ハーレスのおばあさんがいっていた。

言い伝えでは、その洞窟《どうくつ》は石だらけで、めずらしい石やありきたりな石、ニューイングランド（アメリカ北東部のメーン、ニューハンプシャー、ヴァーモント、マサチューセッツ、ロードアイランド、コネティカットの六州からなる地域）全土から、またさらに遠く、アイスランドや北極圏《ほっきょくけん》、ロシアから集められ、持ちこまれた石であふれかえっているというのだ。

「記念のようなものなのかね」ハーレスのおばあさんはつづけた。「生きている者のためか、死んだ者のためかは、だれも知らない。洞窟《どうくつ》のなかの石には、一個一個、意味があるらしいよ。わたしたちにその意味はわからなくてもね」

ジュールズには理解できた。ジュールズが集めた石にもひとつひとつ意味があり、持っている理由がある。それはともかく、本当に存在するのかあやしい場所をどうやって探せばいいのかもわからないのに、約束なんてしていいのだろうかと迷った。

「ジュールズは石ガールだろう。石の洞窟《どうくつ》を見つけられるのは、ジュールズ以外にいない。だから、たのんでいるんだよ」そういってエルクはほほえんだ。それまで全然笑っていなかったのに。ジュールズは断れなくなり、ほほえみかえしていた。

「約束してくれるんだね」

「約束する」

でも、ジュールズはこの約束を守っていなかった。なにからなにまでそっくりな、ふたごの瑪瑙《めのう》はまだ持っている。エルクに返すべきだけど、返していない。だって、ジークのことはどうすればいいの？

孫息子《むすこ》が帰ってきますようにという、ハーレスのおばあさんの切なる願いはかなわなかった。

7

じゃあ、シルヴィの願いごとは？　シルヴィの切なる願いはたったひとつ、それはそれは燃えるように熱く念じていたので、ジュールズがうっかり願い石にさわったら火傷《やけど》するんじゃないかと思うこともあった。シルヴィの願いごとはいつも同じで、〝もっと速く走れますように〟だった。これにくわえて、〝シカより速く〟と書くこともあった。また〝彗星《すいせい》よりも速く〟と書いたりもした。さらには〝ロケットより速く〟なんて書くことも。だけど、どうして？　どうしてそんなに速くなりたいの？　ジュールズはこれまで何回もたずねていた。

「どうして？」

「どうしてかっていうと……」シルヴィはどう答えるのがいちばんいいかと考えているみ

たいな調子で話しはじめる。でも、最後まで答えたことはなかった。ジュールズはずっと待っているのに、シルヴィの答えはいつもそこまでだった。最初にきいたときも、そのあともずっと。〝どうしてかっていうと……〟

ジュールズがこりずにたずねていると、シルヴィはこんな返事をするときもあった。「どうしてかっていうと……音速をこえるため」とか「飛行機雲をつくるため」とか「ケンタッキーダービーで馬に勝つため」とか。どの答えも本当でないのはすぐわかったし、ジュールズがそう思っていることをシルヴィもわかっていた。

だったら、本当の理由はなんなの？　ジュールズはわからないままで、シルヴィは教えてくれないままだった。

そしていまジュールズは玄関《げんかん》ポーチに立って、奈落《ならく》の淵《ふち》へつづく道を見ていた。シルヴィが、つくったばかりの雪だるまファミリーをとびこえ、木の枝の腕《うで》をひろげて通せんぼうしているお父さん雪だるまをとびこえて走っていってから、十五分。いくらなんでも、もうもどってくるはず。

森はおそろしく静かだった。静かすぎるほど。

そのとき、音のない世界に短く甲高《かんだか》いキツネの鳴き声がひびいた。キツネだとすぐにわかった。まちがいようのない声だ。「母親キツネの声だねえ」とハーレスのおばあさんは前にいっていた。

キツネだ！　キツネは幸運のしるし。

ジュールズはぴょんと玄関《げんかん》ポーチからおりて、雪だるまファミリーのところまで行った。ミトンをぬいで、素手《すで》で雪を丸める。うわ、冷たい！　小さなキツネの雪だるまをつくり、腕《うで》をひろげているお父さん雪だるまのとなりに置いた。うまくできたと思う。しっぽはふさふさした感じだし、用心深そうに首をかしげている。シルヴィも気に入るはず。

「シルヴィー！」だれもいない道に向かってさけんだ。奈落《ならく》の淵《ふち》はそんなに遠くない。

ジュールズは仲間入りしたキツネの雪だるまの横にしゃがんで、早く帰ってこいと念じながら、森につづく道に目をこらした。そのとき、ブロロロとスクールバスの低い音がした。

バスが来ちゃった。どうしよう。

「シルヴィー！　帰ってきてー！」

はじめてバスに乗りおくれた。わたしのせいじゃないよ。パパになんて説明しよう。今朝の怒《いか》りがそっくりよみがえってきた。もうやだ。

ジュールズはつくったばかりの雪だるまファミリーも、心配そうなお父さん雪だるまのとなりの、小さなキツネの雪だるまもとびこえて道へ出た。新しい雪にシルヴィの足跡《あしあと》がくっきりついている。ジュールズはその足跡《あしあと》に沿《そ》って走りだした。

「シルヴィー！」もう一度呼んだ。

返事はなかった。シルヴィの足跡《あしあと》は見えているが、それをふってくる雪が消そうとしている。川の音が聞こえてきた。水音が大きくなる。もうすぐそこだ。すぐそこにシルヴィがいるはず。きっと川のそばに立っている。〝足をぬらさなければ安全〟と、シルヴィはいつもいっていた。シルヴィ・シャーマンのモットーでしょ。妹からたっぷりお説教してやらなきゃ。

そこにいきなり、木の根っこが雪のなかから顔を出していた。その向こう側で、シルヴィの足跡《あしあと》が地面を広くえぐっている。足跡《あしあと》は地面をえぐったまま、まっすぐホイッパーウィル川に向かっていた。ジュールズの目の前で、川は激しく流れ、奈落《ならく》の淵《ふち》へと消えていく。轟々《ごうごう》と水の落ちる音が耳をおそう。

「シルヴィー！」

ジュールズはよろけながら、ぐるっと一回転した。金切り声で名前を呼ぶ。さらにもう一度。川の上になにもない空間があった。そこにシルヴィが落っこちた穴があいているようだった。

ジュールズはおそろしい空間から目をそらし、いま来た道をふりかえった。ブーツの足《あし》跡《あと》がついている。自分の足跡《あしあと》とシルヴィの足跡《あしあと》がならんでいる。ハーレスさんの家のほうを見た。なにもない。新しい雪があるだけ。川向こうにあるサムの家のほうを見た。なにもない。おそるおそるまた足もとを見る。雪からとびだしている木の根っこと、えぐれた地面。川の水が奈落《ならく》の淵《ふち》を落ち、ぎざぎざの歯のような太古の石の上をものすごい勢いで流れこんでいく。

ジュールズはひざをつき、凍《い》てつく空気をがぶりがぶりと飲みこんだ。でもどんなに空気を飲みこんだところで、シルヴィが川からもどることはなかった。

第2章

8

母さんキツネはできるだけ深く体を葉っぱのなかにもぐらせた。

おなかのなかで子どもが育っている。女の子が一匹《ぴき》と、男の子が二匹《ひき》。男の子たちの性格はもうわかっていた。ものごとに熱中する活発な子と、静かで強い子。

だが、あともう一匹《ぴき》の女の子はまだ謎《なぞ》だった。体はだんだんできあがり、キツネらしくなっていたが、魂《たましい》はまだどこかをさまよっている。どこか離《はな》れたところを。娘《むすめ》の魂《たましい》がなかなか届かないことを、母さんキツネは不安に思っていた。どうかしたのかしら？

赤んぼうが動いて、肋骨《ろっこつ》がおされ、母さんキツネは子どもたちを安心させるように、おなかをなめた。早く娘《むすめ》の魂《たましい》が来てほしい。

そのとき、母さんキツネははっとした。なにか思いがけないことが、近くにいる生き物に起こっている。母さんキツネは体を低くして、空気のにおいをかいだ。混乱と大きな恐《きょう》怖《ふ》。それは別の生き物に起きていることで、おなかの子と自分は草むらにひそんでいるので危険がおよぶことはないというのに、母さんキツネは不安でたまらなかった。

男の子たちがもぞもぞと動き、おなかをけってくる。月は満ち、いつ生まれてもおかしくない。

でも女の子は？

母さんキツネはおなかにいる謎《なぞ》の娘《むすめ》の血と骨と心臓の音を感じることだけに集中した。そして、こごえるような空気にただよう混乱と狼狽《ろうばい》のことは心からしめだした。

そのとき、待ちこがれていた安らぎが突然《とつぜん》、母さんキツネの体をかけめぐった。娘《むすめ》の魂《たましい》が来た。素早《すばや》く、迷うことなく、おなかで待っている小さな娘《むすめ》の肉体にたどりついたのがわかった。ほっとすると同時に、母さんキツネは深い、深いところでなにかがわきおこるのを感じた。千年もの昔からキツネが持つ知識が全身で渦巻《うずま》いていた。狩《か》りの知識や四季の知識、それとなにか別のものも。母さんキツネは古代の記憶《きおく》のなかで祖先がささやく声を聞いた。〈ケネン〉と。

ケネン。

動物の世界にはトーテムと呼ばれるものがいる。トーテムは運と幸せを運んでくる。人々《ひとびと》はトーテムの姿をチークの木や、動物の骨、蛇紋石《じゃもんせき》に彫《ほ》り、ポケットにしのばせたり、チェーンをつけて首にかけたりしてお守りにする。

また、魔法《まほう》や魔術《まじゅつ》を使う主人につかえる動物、使《つか》い魔《ま》の言い伝えもある。魔女《まじょ》はネコとカエルをとくに好んで使《つか》い魔《ま》にするといわれている。

そして、もっともめずらしいのが、ケネンだ。

どんな生き物も誕生する前からなにかとつながっているといわれる。木とつながっているものもあれば、空とつながっているものもある。ほかにも雨や風や星とつながっているものもいる。ではケネンは？ ケネンは魂《たましい》とつながっている。どうしてなのかは、だれにもわからない。ケネンはまだ終わっていないことを終わらせ、落ちつかせる必要のあることを落ちつかせるものだという考えもある。またケネンの真の目的は、多かれすくなかれ、なにかにとっての助けになることだとの考えもある。けれど、数があまりにすくないので、はっきりしたことはわからない。

ケネンは人知をこえた理由でこの世界にやってきて、使命を果たしたら、祖先のいる安息の地へもどるという。母さんキツネはすぐに、この娘《むすめ》は自分だけの子でも、ヴァーモントの森に属するものでもないとわかった。だけど、そんなことは関係ない。母親ならだれでもそうするように、いや、もしかしたらそれ以上に、この娘《むすめ》を強く愛するつもりだ。

だが、とにかくいまは、おなかの子たちに危険はない。母さんキツネは空を見あげ、朝の空気に鳴き声をひびかせた。一日のはじまりへのあいさつ、ふりつづく雪がもたらした新しい知らせへのあいさつだった。

9

保安官は警察犬を連れて、奈落《ならく》の淵《ふち》からホイッパーウィル川を百メートルほどくだり、水がまた地上にわきだすあたりで、シルヴィがうかびあがるのではないかと何時間も目をこらしていた。

見のがした場合のことを考えて、保安官はさらに下流でも捜索《そうさく》の応援《おうえん》をたのんだ。その日の終わりには、全員がシャーマン家のキッチンに集まり、川に網《あみ》をわたして底をさらったが、かかったのは大きな木の枝と何十年も前から沈《しず》んでいたと思われるさびた金属片だけだったと話すのをジュールズは聞いていた。保安官たちが家と川とを何度も行き来したので、その朝つくった雪だるまファミリーは跡形《あとかた》もなかった。小さなキツネの雪だるまもいっしょに消えてなくなった。

保安官がキッチンテーブルの椅子《いす》にすわってパパにいった。「なにも見つからないんだ、チェス」身につけていたものも、なにひとつ見つからなかった。ブーツも。ヘアバンドも。オレンジ色のミトンのかたわれも。パジャマも。なんにも。

「捜索《そうさく》はつづける」保安官はそういっていた。

ジュールズの胸でわずかな希望がふくらんだ。川に網《あみ》をわたして底をさらった。でもなにも見つからなかった。なんにも。シルヴィが川にいないということは、まだ生きているかもしれないってことだよね？

でも、それならどこにいるの？　警察犬はどうしたの？　においで見つけられるんじゃないの？　ジュールズの心の声に答えるように、保安官がいった。「雪がつもっていると、においを追うのは難しいんだ。雪がとけたところでは、さらに難しい」保安官はすこし間をおいてからつづけた。「見つけたのは子グマが一頭。犬がそっちのにおいにひかれてね。けがをしているみたいだったよ。人がいるところにこんなに近づくなんて、バカなクマなのかもしれないな」

クマがいるんだと、ジュールズは思った。シルヴィはクマにおそわれたのだろうか。でも、それなら犬がにおいに気づくはず……。わずかな希望が消えた。心のなかでは、シルヴィがいるところはひとつしかないとわかっている。雪の道にとびだしていた木の根っこ、地面の雪をえぐっていた足跡《あしあと》、ぎざぎざの歯のような石がある奈落《ならく》の淵《ふち》の入り口。保安官たちもわかっていた。ジュールズがその場所へ連れていったんだから。

うん、やっぱりそう。ジュールズはうなずいた。そうなんだよ。ジュールズはパパにシルヴィの切なる願いのことを話した。どの石にも〝もっと速く走れますように〟と書いていたこと。シルヴィは一個、一個、全部にそう書いた。いつも。〝ミサゴより速く。光より速く。チーターより速く〟と。ジュールズはみんなになにもかもを話した。

パパは肩《かた》をふるわせ、両手で顔をおおった。ジュールズはのどがしめつけられ、すすり泣きがこみあげる。パパは目をこすって、ジュールズを引きよせ、両腕《りょううで》で抱《だ》きしめた。そして背中のちょうど肩甲骨《けんこうこつ》のあいだをさすった。赤ちゃんのときにママはこんなふうになでてくれたんじゃないかなといつも想像していたような、やさしいなで方だった。ジュールズはすすり泣き、涙《なみだ》がどっとあふれた。「パパ」そういうのがやっとだった。

「いいんだよ、ジューリー・ジュールズ。いいんだ」パパはささやいた。そして、保安官のいる前で、「おいで、ちっちゃなジュールズ」といった。ジュールズはもう小さくはなかったけれど、ずっと昔、もっと幼かったころそうしていたみたいに、パパのひざにすわった。パパはそのころと同じように、ジュールズを抱《だ》いて、前後にやさしくゆらした。「ジューリー・ジュールズ」パパがジュールズをかわいがって呼ぶ名前だ。「だいじょうぶだから」ジュールズはぎゅっとパパにすがりついた。

でも、だいじょうぶじゃないんだ。

シルヴィがいなくなったのだから。

シルヴィがいなくなったことは、宇宙のなかでいちばん〝だいじょうぶ〟からほど遠いことだった。ジュールズは力をつくさなかった。行かないでと、もっと強く、大声でさけんでいたら、シルヴィは奈落《ならく》の淵《ふち》へ行くのをやめたかもしれない。シルヴィがあの片麻岩《へんまがん》を願い石にぴったりだと思うのはわかっていたのだから、あの石を縞模様《しま》の靴下《くつした》に入れるのをやめていたら、シルヴィは奈落《ならく》の淵《ふち》へ行かなかったかもしれない。ミトンだけではなく手をもっとしっかりつかまえていたら、行かせずにいられたかもしれない。ジュールズは手を強くにぎらなかった。目の前のテーブルに置かれた片方だけのオレンジ色のミトン。

これが証拠《しょうこ》。

パパはゆらすのをやめて、ジュールズが泣きはらした顔をふくように手近にあったふきんをわたした。

「愛している」パパはそっとささやいた。

ジュールズはその言葉が本当なのはわかっていて、本当だからよけいに心が痛んだ。だって、パパはシルヴィのことも同じだけ愛していたから。もしかしたら、シルヴィのほうがもっと好きだったかも。ジュールズとシルヴィはパパ憲法のなかのいちばん重大な約束をやぶった。パパは「奈落《ならく》の淵《ふち》に近づいてはだめ」と何度注意しただろう。数えられないほど。

「わたしのせい。ちゃんと止めればよかった」ジュールズはまたすすり泣き、ふきんなんて、とおしのけた。

パパが頭をジュールズの頭にくっつけて横にふった。「ちがうよ。だれもシルヴィを思いどおりにはできないって、パパもジュールズもよく知ってるじゃないか」

そのとおりかもしれないけれど、そう考えるとよけいにつらくなった。シルヴィに対して、おどろくほどの怒《いか》りがわきおこった。もしもシルヴィがあんなに速く走らなかったら。ぴたりと止まれていたら。あそこに木の根っこがなければ。根っこに雪がつもっていなかったら。そしたらシルヴィは気がついたはず。そしたら足をぬらさずにいられたはず。もしも、もしも、もしも。もしも、シルヴィがいまここにいたら、ジュールズは思いきりどなりたかった。今朝部屋に置いていかれたとき、がまんした分まで。

でもシルヴィはいない。これから先もずっと。

そう気づいたとたん、おそろしくてたまらなくなった。こんなおそろしい考えをなんとかして頭からはらいのけたかった。ジュールズはまたふきんをつかんで、涙《なみだ》をせきとめようとしたけれど、涙《なみだ》はちっとも止まらない。パパがもっと強く抱《だ》きしめてくれた。

〝もしかしたら〟の空想ゲームを思いだした。

もしかしたら、アホウドリになって、大きな海を飛んでわたるかも。

もしかしたら、大きなウミガメになって、月光に照らされた砂浜《すなはま》にはいあがってくるかも。

もしかしたら、人魚になって、泳いで世界一周するかも。

ジュールズはまたふきんで涙《なみだ》をふいた。空想ゲームをやってもだめ。鳥やウミガメや人魚になったシルヴィなんて考えられない。目にうかぶのは、シルヴィのままのシルヴィが、肩《かた》にかかる髪《かみ》をゆらし、キンポウゲの刺繍《ししゅう》がついた青いヘアバンドをして、ただただ、前へ前へ走っている姿。とても速く走っているのは、どうしてかっていうと……どうして？シルヴィの切なる願いは、どうしていつも〝もっと速く走れるように〟だったの？

いまとなっては、ジュールズにその答えを知るすべはなくなってしまった。

10

地面からくねくねと九メートルほどもぐった、茶色の冷たい土に掘《ほ》られた暗い巣穴で、メスのキツネが生まれた。名前はセナ。三きょうだいのまんなかで、数分違《ちが》いに生まれた兄と弟がいる。

はじめて感じたのは、母さんの舌だった。シュシュシュ、シュシュシュ。体をきれいになめられて、命が動きだし、ぬくもり、愛情、安心を受けとった。

つぎに感じたのは、ぴったりくっついている兄と弟の体の感触《かんしょく》とにおいだった。乳を飲みながら、きょうだいたちは足で母さんキツネのおなかをくいくいとおした。

そのあと感じたのが、だれかが自分を待っていて、そのだれかを探さなければいけないということだった。母さんキツネがざらざらする舌でもう一度体をきれいにして、ぬれた毛をなでてくれたあと、セナは暗がりに鼻を向け、においをかいだ。それから転がって、ねむっている兄と弟の背中やおなかを足でおした。母さんのあたたかな乳を飲んでおなかがいっぱいになったけれど、セナは兄と弟のようにはねむらなかった。

『おやすみ』母さんがキツネの言葉でいう。『おやすみ、ちっちゃなセナ』

セナは起きたまま、静かにしていた。母さんキツネのやわらかなおなかの毛に体をよせる。鼻をクンクンさせて、ねむっている兄と弟のにおい、ねむっている父さんのにおいをかいだ。『おやすみ』母さんがもう一度いった。『おやすみ、ちっちゃなセナ』

〈だれか〉はどこ？

セナは小さな丸い耳をかたむけたけれど、兄弟と父さんの寝息《ねいき》、それに母さんのざらざらする舌の音が聞こえるだけだった。ようやくセナは目をとじて、ねむりに入る。ところがねむろうとするセナに、どこか遠くからささやくように、ある言葉が届いた。ケネン。その言葉は、セナには空中にうかぶ灰色と深緑色の幾筋《いくすじ》もの光に見えた。光の筋はたがいに近づいて重なり、すりぬけ、動きつづけている。

〝ケネン〟光の筋がささやいた。セナが巣穴の暗がりのなかで見つめていると、灰色と緑色の光の筋はセナの体を通りぬけ、あとに不安とおどろきの小さなかけらを残した。生まれたての毛に、見えないしずくを落とされたみたいだった。

11

エルクが紛争地《ふんそうち》へ行っているあいだ、サムは毎日、願い石に〝エルクが帰ってきますように〟と書いた。そして、エルクは帰ってきた。でも兄さんがそっくりそのまま帰ってきたわけではないことをサムは知っている。アフガニスタンに一部を置きざりにした残りが家族に送りかえされたみたいだった。

エルク・ポーターとジーク・ハーレスは小さいときからずっと親友だった。ふたりはいっしょに陸軍に入隊し、いっしょにアフガニスタンへ派遣《はけん》された。ジュールズの家族と、エルクの家族、ハーレスのおばあさんは、空港までふたりを見送りに行った。空は暗い青をおびた灰色で、その下に立って、エルクとジークを乗せた飛行機がはるか遠くの地球の反対側まで飛んでいくのを見送った。

このときがジークと会う最後になるとわかっていたら、サムは「じゃあね、ジーク」のほかになにかいっただろうか。ジークとエルクがいないあいだ、別の行動をとっただろうか。ジークのための願い石も投げるべきだったのか。そうしていれば、なにかちがっていたのだろうか。

わかるわけない。

ふたりが出発するまで、サムには兄のエルクもジークもいない日なんてなかった。いまはエルクが帰ってきたけれど、ジークはいないままで、エルクはジークがいないことについてなにも話さない。だれかがジークの名前を口にすると、エルクは立ちあがり、部屋から出ていってしまう。

いま、サムは帰りのスクールバスのシートにひとりですわっていた。おでこを冷たい窓ガラスにつけて、うしろへ流れていく木々《きぎ》を見ている。背が高く、りっぱな木々《きぎ》ではあるが、いつまでも終わりそうにない長い冬にたえ、くたびれているように見えた。

バスはハーレス家の敷地《しきち》の境界線を過ぎていく。おばあさんのおじいさんのおじいさんが、ハーレス家の敷地《しきち》を示すために、石をつみかさねてケルンをいくつも立てたのだそうだ。いま、そのケルンがどこにあるのかを正確に知っている人はいない。おそらく、のびてきた木にたおされたケルンや、食べ物をあさりに来たクマにくずされたケルンもあるだろう。また大雪のあとホイッパーウィル川の水かさが増して流されたケルンもあるのかもしれない。

エルクとジークはいつもケルン探しをしていた。五つか六つは見つけた。サムが大きくなってからは探すのに連れていってくれた。しかし石でつくられたもので、みんながずっと探しているものはほかにもあった。それはケルンのようにつみあげただけの石ではなく、せまい石の洞窟《どうくつ》だった。入り口は昔の門構えやアーチのようにきちんと組まれた石でかこまれているらしい。シルヴィとジュールズもいっしょに、ひと夏かけて、森の獣道《けものみち》と、川をはさんでシャーマンの家がある側と、ポーターの家がある側の奈落《ならく》の淵《ふち》へつづく道をくまなく歩き、石の建物や洞窟《どうくつ》の入り口らしいものがないかと探したこともあった。

見つかったのは、たくさんの石の壁《かべ》と古い小屋の土台ばかりだった。廃墟《はいきょ》となった建物の基礎《きそ》部分もくずれかけの石壁《いしかべ》も、ヴァーモントではあちこちにあり、道路と私有地の境界だの、山や森への入り口だのを示したり、私道と公道を分けたりといった役割をしていた。昔のままのだと思われるケルンを見つけたこともあった。自然につみあがったにしてはととのいすぎている石や、一定の方法にのっとって十字にならべられた石などだ。

だが、石の洞窟《どうくつ》はなかった。五人が本当に見つけたいのは洞窟《どうくつ》だったのに。なかでも見つけたがっていたのは、石に夢中のジュールズだ。石専用ハンマーを持って、ひもにつるしたルーペを首からかけ、バックパックはたいてい教科書ではなく石でずしりと重かった。エルクなど、ジュールズのことを石ガールと呼んでいたほどだ。

サムがバスの窓から外をながめていると、木々《きぎ》が自分と同じくさびしそうに見えた。エルクはまた四輪バギーで旧道を走って、鳥をおどろかし、森へ出かけているんだろうなと思う。

ジークの魂《たましい》が森に帰ってきているなんてことがあるだろうか。シルヴィの魂《たましい》は？

エルクがジークの話をできないみたいに、サムはシルヴィのことを考えるのがつらかった。シルヴィがおぼれてから何週間かたっていた。二週間か、もしかしたらもう三週間。サムはわざと考えないようにしていた。わかっているのはシルヴィは見つからなかったということだけ。のどがしめつけられ、上着を耳のあたりまで引っぱりあげる。そのとき、木のあいだにくすんだ赤色のものがちらっと見えた。サムは窓から顔を離《はな》してシートにもたれた。おどろいて目をしばたたく。

「キツネがいた」つい、いつものくせで、ふりかえってシルヴィとジュールズにつぶやいた。だが、もちろんふたりはいない。シルヴィがおぼれた日、サムはキツネの鳴き声を聞いたのに、だれにも幸運なんておとずれなかったじゃないか。

サムは自分のひざをじっと見て、泣くものかとこらえていた。いまはとにかく家へ帰りたい。バスが止まった。もう一回止まった。つぎがサムのおりる番だ。ポーターの家の前にバスが近づくと、サムは急いでドアに向かい、バスが止まるまでだれの顔も見ないようにした。

バスのステップをかけおり、道を走っていこうとすると、そこに人がいた。

エルクだ。バスが音をたてて走りさると、エルクはサムをぎゅっと両腕《りょううで》で抱《だ》きとめた。兄さんの力強い腕《うで》は気持ちがよかった。

12

季節が過ぎ、日が長くなった。地下の巣穴のなかで、セナと兄弟キツネも大きくなってきた。子ギツネの成長は速い。まもなく両親に連れられ、土のなかのくねくねしたトンネルをぬけて地上に出てくるだろう。

それまでは、きょうだいそろって巣穴のなかだ。兄さんは乳と土のにおい、弟は毛皮と松ヤニのにおいがした。兄さんは静かでおだやかな性格だった。でもセナが前足でたたきはじめたときは別だ。

『遊ぼうよ！　ねえねえ！』

兄さんが前足を出してとびかかる。

ぴょん。

うなり声をあげながら、前足でたたいて、またたたいて、もう一回たたいて。兄さんとセナはじゃれあって、ころころ転がり、甘《あま》がみする。そっと、やさしく。セナ。兄さん。土のなかの巣穴で、兄と妹は数センチも離《はな》れたくなかった。

いっぽう、弟は父さんの活発な性格を受けついでいた。地上に出るのが待ちきれない。森をかけまわりたい。狩《か》りも楽しみだ。

セナは外の世界のことを知っていた。どうしてかはわからなかったけれど、はっきり見えた。兄さんは太陽と風を喜んで受けいれるだろう。そして幸せな気持ちになるはずだ。セナの頭のなかで、兄さんは川のそばの平らな石に置かれた茶色い陶器《とうき》の水差しに見えた。弟は鼻先をつんとあげて、走りだすだろう。セナには、弟は太陽をあびてかがやく、ねじれたブリキに見えた。

外に出たら、あたしはどうするかな。セナは走りだしたくて、足がむずむずしてきた。足の裏にかわいた土を感じ、昼間の陽光に満ちあふれた澄《す》んだ空気や、星がまたたく夜空のにおいもかいだ。

もうすぐだ。セナは待ちきれない。灰色と緑色の幾筋《いくすじ》もの光が巣穴をただよい、ぶつかりあいながら、ささやいている。

母さんキツネは子どもたちが大きくなってきたのを見て、もうすぐ、本当にもうすぐ、地上の世界へ連れていかなければいけないと思った。

でも、いまはまだ。まだ準備ができていなかった。

13

ジュールズはいま、〈シルヴィ以後〉という新たな時間を過ごしていた。

シルヴィ以後、パパはうちと森との境目に線を引いた。新しいパパ憲法だ。歩きはじめたばかりの小さい子を相手にするみたいに、パパはジュールズの手をにぎって、フェンスのない庭のまわりをいっしょに歩いた。「ここから出てはいけない」ジュールズは、見えなくても、そこに線が引かれたのがわかった。「ここをこえてはいけない」パパはまたいった。線の向こうは別の世界になった。森、川、草地、道路、橋、川向こうのサムの家。奈落《ならく》の淵《ふち》も別の世界。

シルヴィ以後、ジュールズの頭のなかは奈落《ならく》の淵《ふち》のことばかりだった。

シルヴィ以後、ハーレスのおばあさんが毎日うちへスープを持ってくるようになった。

えんどう豆のスープ。キャベツのスープ。ヌードル入りのチキンスープ。いつまでも冷めそうにないスープ。

シルヴィ以後、スクールバスがうちの前に止まらなくなった。ジュールズが学校へ行くのをやめたからだ。学校に行くなんて、考えるのもいやだった。シルヴィがいないのにバスに乗るなんて、シルヴィがいないのに大きな両開きのドアを通って校舎へ入るなんて考えられない。行けば、友だちと顔を合わせなきゃいけない。シルヴィの友だちにも会うだろう。みんなはじろじろとジュールズを見るか、あえて見ないようにするのか。

いやだ。

シルヴィ以後、パパは仕事へ行かず、ずっと家にいるようになった。一分でも、ジュールズをひとりにすることにたえられなかったのだ。ジュールズはかまわなかった。シルヴィがいない家にひとりでいるのはいやだったから。

シルヴィ以後、ジュールズは毎日、石を整理してばかりいた。いつものようにベッドに石をひろげる。そして何度もならべかえ、さまざまなシャーマン銀河をつくった。LEDライトの太陽で光沢《こうたく》のある石の表面を照らしてルーペをのぞくと、見えそうにない線や欠けた部分まで見えることや、雲母《うんも》や黄鉄鉱《おうてっこう》や滑石《かっせき》がすこしふくまれているのがわかることもあった。変成岩《へんせいがん》、火成岩《かせいがん》、堆積岩《たいせきがん》の分類については考えないことにした。もちろんどの石がどのグループなのかは知っているのだけれど、分けたくなかったのだ。縦にならべたり、横にならべたりして、完璧《かんぺき》な列をつくるのもやめた。ただ、遠くひろがるシャーマン銀河があるだけだった。

「キッチンに石を持ってきて見たらどうだい。リビングでひろげてもいいよ」パパが何度もいった。

でもジュールズは首をふった。部屋にいると、どうしてもシルヴィのベッドやシルヴィの持ち物、シルヴィの服に目が行ってしまう。でもそれは、いやではなかった。というより、ふたりの部屋にいるのが好きだった。ときどきパパに聞こえないように小さな声で、シルヴィに話しかけていた。話しかけたっていいよね？

シルヴィ以後、ジュールズは石にも話しかけるようになった。もう一回いうけど、話しかけたっていいよね？　石はジュールズに背中を向けない。石は消えてしまわない。石はオレンジ色のミトンだけにぎらせて置いてきぼりにしない。ジュールズが銀河の軌道《きどう》に置いた石は、ずっと同じ場所にいる。ジュールズが動かさないかぎり、石は動かない。

シルヴィ以後、何十個も願い石が入っている縞《しま》模様の靴下《くつした》をクローゼットの奥《おく》のすみっこへおしこんだ。納戸《なんど》のいちばん上のタオルの棚《たな》から古いビーチタオルを出して、縞《しま》模様の靴《くつ》下《した》にかぶせた。願い石のせいだから。ジュールズが願い石を見つけたりしなければ……すべすべの石で、川に投げいれるのにぴったりな石、奈落《ならく》の淵《ふち》へ投げるのにぴったりな石、切なる願いを乗せてホイッパーウィル川をくだり、海まで運ぶのにぴったりな石を見つけなければよかった。縞《しま》模様の靴下《くつした》から願い石を全部出す勇気があれば、石専用ハンマー、エストウィングE13Pでたたいてこなごなにするのに。エストウィングE13Pは石をくだくための道具ではないけれど、かまわない。じゅうぶん使えるはず。ジュールズは願い石がにくかった。

シルヴィ以後、エルクからわたされていたふたごの瑪瑙《めのう》をシルヴィの枕《まくら》の下に入れた。返さなければいけないとわかっているのに、返せていなかった。まだ。でも、エルクからも返してといわれていない。

シルヴィ以後、パパはブーツのひもを結び、それをほどいて、また結び、そのままますわりこんで、もう一回結びなおしたほうがいいのかどうかわからないみたいに、ブーツをぼんやり見つめていた。

シルヴィ以後、パパが二個のグラスに牛乳をそそいで、片方のグラスの牛乳をパックにもどすのを何度も見た。パパは牛乳を飲まない。

シルヴィ以後、ジュールズは残っていたシルヴィのココナッツシャンプーをシャワーで排水溝《はいすいこう》に流した。シャンプーはなくなったけれど、シルヴィの香《かお》りはバスルームに残り、シャワーカーテンも、湯気もココナッツの香《かお》りがした。ジュールズはシャワーをあびるとき、パパの男性用シャンプーを使った。ココナッツの香《かお》りはしなかった。

シルヴィ以後、キッチンでパパがスパゲッティのソースを煮《に》ているのを見た。あれ以来はじめて……ハーレスのおばあさんが持ってきてくれるスープ以外のものを食べるのは、あれ以来はじめてだった。ジュールズはおばあさんのスープにあきあきしていた。もちろん、親切にしてもらっているのはわかっているのだけれど。

パパはとろっとしたスパイシーなソースをぐつぐつ煮《に》こんだ。ジュールズはサラダをつくり、パパがスパゲッティをお皿に分け、ふたりですわって食べた。ジュールズはまた忘れて、テーブルにお皿を三枚出していた。
またやってしまった。
毎日忘れて、毎日思いだす。
それが〈シルヴィ以後〉だった。
忘れる。
思いだす。
忘れる。
思いだす。
忘れる。
思いだす。
思いだす。
思いだす。
シルヴィ以後。

14

朝のおそい時間。すこしずつ暖かくなってきた春の日。玄関《げんかん》ポーチのいちばん下の段に、ジュールズはパパにもたれてすわっていた。目に見えない線を見つめている。「パパ」ジュールズがなにかいいかけると、パパがすぐ口をはさんだ。

「線をこえてはいけない」いつものようにパパにいわれて、ジュールズはかちんときた。いわれなくても、わかっている。それに、あの道を走って奈落《ならく》の淵《ふち》へ行ったのはわたしじゃない。でも、そう思ったとたんに、またたずねたくなる。どうして？　どうしてシルヴィはあんなに速く走らなくちゃいけなかったの？　何百万回目の、どうして。

怒《いか》りは、たちの悪い日焼けのようにいつまでもひりひり感じた。

そのとき、パパがいった。「ジュールズ、そろそろもとにもどらないと。パパもジュールズも復帰しないとだめだ。来週から」

低く、悲しい声だった。パパのいうとおりだとわかるけれど、ジュールズはまだ考えられなかった。子どもは学校へ行き、おとなは仕事へ行かなければならない。そういうもの。だけど、それがパパにとってどれほどつらいことかをジュールズはわかっていた。パパは食べるものを買いに行くだけでもやっとなのに。

「パパ」ジュールズがいいかけると、また……。

「だめだ、ジュールズ。来週から復帰する。パパもだ。もう決めた」

「そういうことじゃなくて！」

パパはジュールズを見つめて、つづきを待っていた。でも、なにをいいたかったんだっけ？　ジュールズはわからなくなった。口をあけて話そうとするけれど、言葉が出てこない。なにも。

パパは立ちあがり、「ゆっくり、熱いシャワーをあびてくる」といって、家へ入っていった。ジュールズはいえなかった言葉を口のなかに含《ふく》んだまま、玄関《げんかん》ポーチにとり残された。シルヴィだったらパパになんて言葉をかければいいのか、きっとわかったよねと思い、シルヴィに嫉妬《しっと》している自分がいやになった。けんかしたくても、お姉ちゃんはもういない。もういないんだ……ジュールズはその考えをふりはらった。

そのとき、階段のいちばん下にすわったままのジュールズの目に、パパが引いた見えないはずの線が朝日を受け、光って見えた。線を見るとまた腹がたって、今度は口をついて出てきた。ジュールズはシルヴィに話しかけていた。

「シルヴィのジョイナーTシャツを着ちゃってるんだからね。やめさせたくても、できないでしょ。どうだ！」

シルヴィが生きていたら、こんなふうには話しかけなかっただろう。第一、シルヴィが生きていたら、シルヴィの大事なジョイナーTシャツを着るはずがない。絶対ない。だって許されなかったから。シルヴィが怒《おこ》るところを想像して、ジュールズは思わずほほえんだ。

「石ガール、ひとりごとか？」

声がして、ジュールズは顔を向けた。エルク！　にんじん畑のウサギより上手なしのび足だ。エルクはいつのまにかポーチの手すりにもたれていた。笑顔《えがお》だけれど、心から笑ってはいなかった。ジュールズもいま同じような笑い方をしているのだろうなと思った。

「ううん」ジュールズはつづきをいうのにすこし勇気がいった。「シルヴィに話しかけてたの」

エルクはうなずいて、森のほうをじっと見た。それから、びっくりするようなことをいった。「おれも同じだよ。ジークに話しかけてる。森のなかで」

みんなが学校や仕事へ出かけている昼間にエルクがこの家へ来るのははじめてではなかった。ジュールズとパパはいつでもエルクを歓迎《かんげい》した。エルクがアフガニスタンへ行っているあいだは会えなくてさびしかった。あのときはジークにも会えなくてさびしかった。ジークのことは、いまもずっとさびしいまま。だけど、だれよりも、ひょっとしたらジークのおばあさんよりも、エルクがいちばんさびしがっている。心から笑っていない笑顔《えがお》を見ればわかる。

エルクは〈ジーク以後〉という時間を過ごしている。

うちに来てもエルクはほとんど話をしなかったし、学校は？　なんてきくこともない。たまに、おもしろい形にはがれた樹皮や松ぼっくりを持ってきてくれた。だけど、石は持ってこなかった。そのほうがジュールズにはよかった。石をもらったら、ふたごの瑪瑙《めのう》をまだ返せていないことを、よけいに申しわけなく思ってしまうから。エルクはジュールズを信頼《しんらい》してあずけ、ジュールズはちゃんと保管していた。でも、いまとなってはあの瑪瑙《めのう》をどうすればいいのか、わからない。約束したけれど、ジークが帰ってこないなんて思わなかったのだもの。疑いもしなかった。だから、エルクたちがいなかった一年のあいだ、石の洞窟《どうくつ》を探さなかった。しょうがないじゃない？　実際には石の洞窟《どうくつ》なんてないかもしれないんだから。

「ねえ、エルク」ジュールズは目に見えない線の向こうにある森を手で示した。「あの森に本当に石の洞窟《どうくつ》があると思う？」

「あるかもしれないし、ないかもしれない」エルクはそういって、ちょっと肩《かた》をすくめた。

ジュールズはシルヴィとサムといっしょにふしぎな洞窟《どうくつ》を探して何回も森を歩きまわったときのことを思いだした。

「宝物がかくしてあったらどうする？」

「トロルがいたらどうする？」

そんなことをみんなが口々《くちぐち》にいい、サムはかならず「ピューマがいたりして？」といった。毎回、洞窟《どうくつ》探しはなにも見つからず、また探しに来ようねと決めて終わった。いま、ひんやりしたポーチでエルクといっしょにいると、森がこちらへ手をのばしてくるような気がした。木の枝がこっちへ来いと手まねきし、目に見えない線までもが、ここをこえてみろとけしかけてくる。

ジュールズはおへそのあたりを強く引っぱられるような気がした。見えない糸でポーチから森まで引っぱって連れていかれそう。不意におそってきた感覚に、ジュールズはびっくりした。立ちあがったら、たおれるんじゃない？　ジュールズはすわっている階段を手でつかんだ。手をはなしたら飛んでいくんじゃないかと思った。

〝燃えるように熱い〟切なる願いって、こういう感じなのかな。これまでのお願いとはまったくちがう。いままでのはどうでもいいような、小さな願いごとばかりだった。いま頭のなかで〝石の洞窟《どうくつ》を見つけたい〟とひびいていた。

〝見つけろよ〟エルクがジュールズの頭のなかをのぞいたみたいに、小石をぽんと投げてきた。

「石ガールだろう」エルクはほほえんだ。今度は心から笑っている笑顔《えがお》だった。「石の古い洞窟《どうくつ》を見つけられるとしたら、ジュールズしかいないじゃないか。ただ、クマには気をつけろよ。足跡《あしあと》を見たから」〝洞窟《どうくつ》を見つけたら、おれのためにジークの石を持っていってくれ〟エルクは口に出さなかったけれど、ジュールズは心で聞いた。

それだけいうと、エルクは帰っていった。ふらりと来て、ふらりと帰る。一日どこでどうやって過ごしているのだろう。ジュールズは森を見た。緑がとても深く、目にしみる。またあそこへ行って、木と木のあいだを出たり入ったりして、気に入った石を探し、いつもの道を走りたい。走って追いかけたい。シルヴィを……。

パンチをくらったみたいに、胸が痛くなった。シルヴィを最後に見た場所が森だった。シルヴィはジュールズの前からかけだし、奈落《ならく》の淵《ふち》へ走っていった。すごく速く走るのは、どうしてかっていうと……。

「どうして？　ちゃんと答えてよ！」

答えはこの先もずっと出ないとわかっていた。ジュールズがどんなに願っても、森がどんなに手まねきしても、目に見えない線をこえられないかぎり、洞窟《どうくつ》を見つけられないこともまたわかっていた。

「シルヴィ！　シルヴィー！」

何度もさけんだ。声がかれるまで何度も何度も。返ってきたのは静寂《せいじゃく》だけだった。パパもなにもいってこなかった。これまででいちばんゆっくりシャワーをあびているのだろう。

階段の湿気《しっけ》がジーンズのおしりにしみこんできた。ジュールズはジョイナーTシャツの胸《むな》もとを見おろした。このTシャツを着てこちらへ向かって走ってくるシルヴィの姿をありありと思いだす。ジョイナーという大きな文字と、笑顔《えがお》のフローレンス・グリフィス＝ジョイナーがトラックに手をついてクラウチングスタートの姿勢をとるイラストを、トレードマークみたいに胸にかかげたシルヴィの姿を。

〝いますぐぬぎなさい、ジュールズ！　わたしのジョイナーTシャツにさわらないで！〟

シルヴィはきっとどなっただろう。

Tシャツのすそのほうに小さな穴があいていた。ジュールズはその穴に指をつっこんだ。シルヴィが見たら、きっとまたどなる。〝やめて！　穴が大きくなるでしょ！〟ジュールズは指をぬいた。シルヴィのお気に入りのTシャツをだめにしたくなかった。これからも毎日、一生着ることになるかもしれないんだから。

15

子どもたちが巣穴から出るときが来た。父さんキツネと母さんキツネが先頭にたって、土をかためてつくられた九メートルのくねくねしたトンネルをのぼっていく。両親のあとに弟キツネがつづく。熱い目をして、耳はぴんと前を向き、足取りは素早《すばや》く確実だ。弟は生まれたときから、この日をずっと待っていた。

セナは兄さんキツネを見た。『兄さん、早く』セナも弟と同じで、地上の世界を見たくてたまらなかった。どんなところなのか知りたいし、長くなってきた足を思いきりのばしたい。それに外で〈だれか〉が待っている。セナにはそれがわかった。『早く』もう一度兄さんにいった。けれど兄さんキツネは、かたい土の壁《かべ》や、もつれたぬけ毛のかたまりなど、巣穴をぐるりと見まわしていた。空気は重くよどんでいる。出発のときが来たけれど、兄さんキツネはまだ心の準備ができてはいない。セナのほうを見た。先に行ってほしいんだと、セナにはわかった。

そこでセナは前足をふんばり、うしろ足をけって、トンネルをのぼりだした。すこし行ったところで止まって、ふりかえった。兄さんキツネがセナを見あげていた。その目はおびえている。

セナは兄さんに向かって鼻先をちょっと下げた。『おいでったら!』

それで兄さんはセナのすぐうしろについてきた。二匹《ひき》はかけ足で新しい世界へ向かった。

巣穴の出口で、母さんキツネが待っていた。明るさに面食らう。子どもたちは太陽の光をはじめて見たのだ。それでもセナは鼻先をつんと上に向けた。

千年の昔からキツネが得てきた知識——地上の世界のにおいと音が意味すること——が、セナの骨と血のなかで脈打つ。背中をたたかれた。

『なんのにおいがするか、いってごらん』

母さんキツネはセナのとなりに立ち、用心深い黒い目を向けた。セナはうながされるまま、においをかいだ。祖先の知識は裏切らなかった。

『ハタネズミ。コヨーテ。シチメンチョウ』

『よくできました』母さんキツネはうなずいて、今度は兄と弟にもかいでみるようにいった。

遠く、草地をこえたところにある松林のうしろで、川が日をあびてきらきらかがやいている。うわあ！　セナの全身に、走りたいという思いがわきあがってきた。〃走れ。走れ。走れ〃この草地なら、どんなに速く走れるかな。松林にはどれくらいで着くのかな。

セナは森を見つめた。〈だれか〉はあそこに、森の奥《おく》のどこかにいる。そのことがなぜかわかるように、森には石でできた古い洞窟《どうくつ》が何百年も前からあることもわかった。洞窟《どうくつ》は大昔のものだ。朝の空気のなかにうかぶ灰色と緑色の光の筋、〃ケネン〃とささやくそれらの光の筋と同じくらい古い。

そのとき、子どもたちから数メートル離《はな》れたところで、長い草がカサッとゆれた。またカサッとゆれる。なにかが草地のなかを動いていた。なにか小さくておとなしいもの。

セナは急におなかがすいてきた。兄さんを見る。うん。兄さんも同じ。地上に出たのだから、新鮮《しんせん》な肉を食べたい。母さんがかみくだいた物を口移しでもらうのはもう終わり。父さんと母さんは頭を低くし、子どもたちの目をじっと見た。

『シーッ。動くな』

カサッ。カサッ。もう一度カサッ。セナはゆれる草を目で追っていく。ウサギが出てきた。いち早く見つけたのはセナだった。そのウサギがキツネの一家を見てかたまってしまったのを最初に見たのもセナだった。ウサギの周囲に恐怖《きょうふ》がわきおこるのがわかった。オレンジの光の帯があたりの空気をふるわせた。

父さんキツネは想像以上に速かった。

跳《は》ねあがり、とびかかる。ウサギをくわえて、頭を激しく三度ふった。ボキッ。ウサギの首が折れ、だらりとなった。父さんは家族のもとへかけもどると、死んだウサギをさしだした。父さんの目がかがやいている。

『食べろ』

おなかがいっぱいになったセナは、深く、ゆっくり息を吸いこんだ。

それからキツネの両親は地上で棲《す》む新しいうちへ子どもたちを連れていった。木の枝や葉がつみかさなった下にぽっかりとあいた巣穴だ。全員が体をのばせるだけの広さがあり、枝や葉がからみあっているので寒さもふせげる。

　弟キツネはくるくると回転しながら葉っぱをふみつけた。家族からすこし離《はな》れたところに自分の寝床《ねどこ》をつくったのだ。兄さんと両親は午後の日差しを受けてもうねむっていた。

　セナは鼻いっぱいに、松でも土でも葉っぱでもないにおいを吸いこんだ。どういうわけか、よく知っているにおい。なつかしいにおいだ。同時に、知らない生き物のさけぶ声が、草地をこえた森の向こう、やっと聞こえるぐらいの遠い場所から聞こえてきた。家族はみんなねむったけれど、セナはねむれなかった。さけび声が耳から離《はな》れず、さそわれるように巣穴から出た。

　冷たい地面に足裏をつけ、ゆっくり、自分でも動いているのがわからないほどゆっくり体を起こしていく。まっすぐ立ちあがり、遠くの尾根《おね》に向けて耳をぴんと立てた。すると、また聞こえた。目をとじて、もっとよく聞く。においをかいで、さけび声の主がどんな生き物なのかを知ろうとした。

　人間。人間の女の子だ。

「シルヴィ」

「シルヴィ」

「シルヴィー！」

人間の女の子が空に向かって悲しみをはきだすと、セナの目の前で灰色と緑色の光の筋がふるえた。女の子の悲しみがずしりとセナにのしかかった。セナはゆっくりと家族の穴にもどって、兄さんの胸《むな》もとに頭を乗せ、目をとじる。それでもまだ、さっきよりは小さいけれど、人間の女の子の声が聞こえた。

この女の子はだれ？　何度もさけびつづけている、悲しみでいっぱいの子。

16

ジュールズは切なる願いがないのを、いつもひそかにはずかしく思っていた。なにかないかなと考えてもみても、シルヴィの〝もっと速く走れるようになりたい〟や、サムの〝エルクとピューマがもどってくるように〟のような強い願いはなにも思いつかなかった。

でも、もうちがう。

ようやく、ジュールズにも切なる願いができた。〝石の洞窟《どうくつ》が見つけられますように〟だ。

でも、その話を聞いてほしいのに、シルヴィはいない。

シルヴィの枕《まくら》の下からふたごの瑪瑙《めのう》を出した。エルクはこの石のことをなにもいわなかったけれど、考えているのはまちがいない。そうでなければ、「石ガールだろう。古い洞窟《どうくつ》を見つけられるとしたら、ジュールズしかいないじゃないか」なんていうはずがない。

ジュールズはルーペのLEDライトをつけて、瑪瑙《めのう》を観察した。ルーペで拡大して見ても、瑪瑙《めのう》にはめずらしく、二個はおどろくほどよく似ていた。カットする前の瑪瑙《めのう》の母岩はかわいた泥《どろ》のかたまりのようにざらざらして、どれもよく似ている。だが、カットすると土星の環《わ》のような、また木の年輪のような美しい同心円の模様が、ひとつひとつちがっているものだ。ところが、このふたごの瑪瑙《めのう》はそっくりだった。ルーペで見てやっとわかるほどの小さな違《ちが》いがあるだけだった。

いますぐエルクに返すべき？　それとも、もうすこしがんばって洞窟《どうくつ》を探すべき？　でも、洞窟《どうくつ》が奈落《ならく》の淵《ふち》の近くだったらどうしよう。奈落《ならく》の淵《ふち》へは二度と行きたくない。それに森へ出ようとしても、あのむかつく目に見えない線があった。パパから毎日毎日、「こえてはいけない」と注意されるあの線。

パパ。パパは変わった。すごくというわけではないけど、前とはちがうなとはっきりわかるくらいには変わっていた。たとえば夜、ポップコーンをつくって映画を観《み》るとき、ふたりになってしまって広くなったソファで、パパはジュールズにくっついてすわり、肩《かた》に腕《うで》を回してくることがあった。これはパパらしくない。ジュールズがずっと知っていたパパとはちがう。

でも、〈シルヴィ以後〉、なにもかも変わってしまったんだから、しょうがないよね？　パパがジュールズの肩《かた》を抱《だ》くのは、もしかしたら、シルヴィがいないので片手でポップコーンを食べてももう一本の腕《うで》があまっているからかも。それとも、もしかしたら、ジュールズまでいなくなってしまうのではないかと心配しているからかも。それか、もしかしたら、ジュールズがパパに好かれていないと思わないようにするためかも。でも、シルヴィを止められなかったジュールズをパパが好きであるはずがない。それにシルヴィがいないと、ママの記憶《きおく》までどんどんうすれていくじゃない？

シルヴィはいつも、ママの思い出を生き生きと語ってくれた。いま、パパにはもう、パパの持つママの記憶《きおく》しかない。なにもかも、シルヴィのせいでむちゃくちゃになった！

「すべったんだ。落ちたんだ。足の速い子だったから。事故なんだ」パパは詩でも暗唱するみたいに、同じことを何度もくりかえした。チェス・シャーマンの詩。

「事故だったんだよ、ジューリー・ジュールズ」

「わかってるよ、パパ。わかってる」

それでも、あの日、パパ憲法をやぶったのがジュールズだったら事故は起きなかっただろう。ジュールズだったら、まず走らなかった。きっと歩いていった。それに気をつけたはずだ。奈落《ならく》の淵《ふち》からできるだけ離《はな》れて、願い石を投げただろう。それですべてうまくいったはずだった。なにもいいことがない、いまとは大違《おおちが》い。

ＬＥＤライトを消して、瑪瑙《めのう》をまたシルヴィの枕《まくら》の下へ入れたとき、玄関《げんかん》でノックする音が聞こえた。パパが出るだろうと思って待っていたけど、パパは小屋の片付けをするとかいっていたのを思いだした。小屋はキッチンのドアからも離《はな》れた、家の裏にあった。

またノックの音がした。

「ジュールズ！」

サムだ。やっぱり。サムは毎日、学校の宿題を先生たちから集めて持ってきてくれる。ジュールズがしばらく学校を休むのでスクールバスをシャーマンの家の前では止めないようにと、運転手のサイモンさんにもいってくれた。バスが止まらなくなってはじめて、ジュールズは毎朝、家の前でバスがプシューと止まるのがどんなにいやだったのかわかった。サムがいつもシルヴィとジュールズにはさまれてすわるシートにひとりきりですわっているのを想像するのはつらいけれど、それでも、パパになんといわれようと、学校へ行く心の準備はまだできていなかった。

サムはファイルの束をさしだし、それからふたりでキッチンへ入った。

「ルートビアがあるよ。飲む？」ジュールズはきいた。

炭酸飲料のなかで、サムはルートビアが好きだ。ジュールズもルートビアが好き。でもシルヴィはジンジャーエールのほうが好き。ちがう、〝好きだった〟だ。ジュールズは冷蔵庫からルートビアの瓶《びん》を二本出して、一本をサムにわたした。宿題の山はどんどんつみあがっていった。最初はなんとかついていこうとしたけど、宿題をパパに見せたら、パパはただうなずいただけだ。「こちら、シルヴィとジュールズのパパ。チェック完了《かんりょう》」とはいってくれなかった。だからといって、「こちら、ジュールズのパパ。チェック完了《かんりょう》」ともいわなかった。それを聞くのと聞けないのと、どちらのほうが悪いのかよくわからないけれど。ジュールズは宿題のファイルをキッチンのテーブルに置いて、サムといっしょに暖かな午後の日がさす玄関《げんかん》ポーチへ出た。

「きょうエルクが来たよ」

サムはちょっと顔をしかめてうなずいたけれど、なにもいわなかった。エルクが変わってしまって、サムはつらいのだとジュールズにはわかっていた。それになにもいわなくても、サムがエルクのことを心配しているのもわかっていた。だから、エルクが一日じゅうひとりで森にいるのではなく、ジュールズとパパに会いにうちへよったことを教えれば、サムもすこしは安心するのではないかと思った。

ところが、サムの話はエルクのことではなかった。ジュールズのほうに体をよせて、ないしょ話をするみたいに小声でいった。「ジュールズ、聞いてよ。だれかがピューマを見たんだって」

「どういうこと？」

このあたりの森ではもう百年もピューマの足跡《あしあと》は見つかっていなかった。

「目撃《もくげき》情報があったんだ」サムは笑顔《えがお》だった。ジュールズはだれかが本当に笑顔《えがお》になるのをひさしぶりに見て、自分の顔もほころぶのがわかった。

サムは校外学習でモントピーリアの博物館へ行って、ジュールズとシルヴィといっしょにピューマの剝製《はくせい》を見てから、生きているピューマを見たいとずっと思っていた。その日は同じガラスケースの前に張りついて、一八八一年から展示されているピューマだけを見つめていた。催眠術《さいみんじゅつ》にかかったみたいだった。

ジュールズにもその気持ちはわかる。ピューマはガラスでできた目を入れられ、毛は色あせてぼさぼさで、いまはもう縄張《なわば》りの森や野山を自由に歩きまわれないなんてかわいそうだった。そんなピューマを見るのはせつなかったけれど、それでも見ないではいられなかった。

「本当なの？」シルヴィがいなくなってからはじめて、ジュールズは悲しみとも、怒《いか》りともちがう気持ちになった。

「もしかしたら、ここの森に帰ってくるのかも」サムはそっとささやいた。

「もしかしたらね」ジュールズもこの森はピューマが棲《す》むのにふさわしい場所だとわかっていた。大きなネコ科の動物が、それもかなり大型のものでも、身をひそめられる場所がたくさんある。石の洞窟《どうくつ》だってピューマのいい隠《かく》れ場所になるだろう。

そうだ、石の洞窟《どうくつ》！　わたしの新しい切なる願い――〝石の洞窟《どうくつ》を見つけられますように〟

博物館に行ったその日から、サムは〝ピューマがもどってきますように〟と書いた願い石を何百個、もしかしたら何千個も、奈落《ならく》の淵《ふち》へ投げた。それはエルクがアフガニスタンへ行くときまでつづいた。エルクが行ってからは、サムの願いは〝エルクが帰ってきますように〟に変わった。サムの願いはかなった。エルクは帰ってきた。

今度はピューマもどってくるの？

急に腹がたって、顔が熱くなった。ちっぽけで、みにくい怒《いか》り。おさえようとしたけれど無理だった。

「そんなのひどい！」思わずジュールズの口から出ていた。あんまりだよ。希少動物のピューマが百年もたってもどってくるのに、シルヴィはいなくて、それを見られないなんて。いまごろハンターと動物保護官と科学者が追跡《ついせき》中で、最初の発見者次第《しだい》で、ピューマは射殺されるか、麻酔銃《ますいじゅう》でねむらされて発信器のついた首輪をつけられるかなんて。人間もぺろりと食べられそうなほど大きなネコが、シルヴィが歩いていた森を歩くことになるなんて。

それに、いまやっとジュールズにも切なる願いができたというのに、二度と奈落《ならく》の淵《ふち》へ願い石を投げに行ってはいけないなんて。

「あったまきた！　サムのせいよ！　どうしてサムの願いごとばかりかなうの？」

サムは大きく目を見ひらいて、じりじりとあとずさりし、ポーチの階段をおりた。

「そういうことだから」サムの声はふるえていた。サムはただ、いいニュースをジュールズにも知らせたかっただけだ。ちっぽけで、みにくい怒《いか》りは、ふたりのあいだにうかんだまま。ジュールズはできることなら引っこめたかったけれど、もうぶちまけてしまった。両腕《りょううで》を自分のおなかに巻きつけ、口のなかで砂《すな》みたいな味がするみにくさをのみこもうとした。

「また明日、ジュールズ」サムは肩《かた》を落とし、そのまま帰っていった。

ジュールズはがくりと頭を下げた。いじわるをいうつもりはなかった。とくにサムには。毎日宿題を持ってきて、ジュールズが石の整理をしているときも、そばにすわって話しかけてくれるサム。雲母《うんも》、頁岩《けつがん》、滑石《かっせき》、三角形の蛇紋石《じゃもんせき》など、コレクションにする新しい石をくれるサム。サムは特別な友《スーパー・フレンド》だちだった。立ちあがって追いかけなくちゃ。でも、階段のいちばん下から動けなかった。

目に見えない線を見る。目を細めると、森の緑色と茶色と灰色がうかびあがってまざりあい、かすかに光りながら、やがて赤茶色に変わった。シルヴィの髪《かみ》の色だ。どうしてなの、シルヴィ？　どうして、もっと速く走りたかったの？　ジュールズはふりかぶって、ルートビアの瓶《びん》を家の横にそびえたつカエデの木に投げつけた。瓶《びん》は幹に当たってこなごなに割れた。

「ひどいよ！」

ルートビアが樹皮を伝ってぽたぽた落ちている。散らばったガラスの破片が沈《しず》みゆく夕日にきらめいた。

17

父さんキツネと母さんキツネが子どもたちを〈消えどころ〉へ連れていく日が来た。父さんが先頭を行き、母さんは子どもたちのうしろを歩いた。川が近づくと、水のにおいが強くなった。

『ゆっくり』

父さんと母さんが緊張《きんちょう》しているのがセナにわかった。ここにはなにか、父さんと母さんがきらっていることがある。

『ここだ』

キツネの家族は川岸で足を止めた。父さんと母さんが左右に分かれ、子どもたちに目の前のものを見せた。セナは最初、見てもよくわからなかった。けれど、じっと見ているうちに、明るくきらめく水がどうなっているのかがわかってきた。川の流れはここで突然《とつぜん》、音もなく急激に落ち、地面の下へ入っていく。緑色の地面にあいた穴に水が引きこまれ、そこから先、川はなくなる。

『絶対にだめ』

〈消えどころ〉はとても危険な場所だ。父さんと母さんは厳しい顔を子どもたちに向け、語気を強めた。絶対にだめ。子どもは絶対にここへ来てはだめ。ここから南へ行ったところで、川がまた地上にもどってくる場所がある。そこはだいじょうぶ。そこなら水を飲んだり、水浴びをしたり、魚をとったり、川辺の草地に集まる小さな生き物をとったりもできる。川の流れはとちゅうで分かれて三日月型の池になり、そこはとびこめるほど水がたっぷりある。

だけど〈消えどころ〉は？　絶対にだめ。

母さんと父さんは、子どもたちが理解したとはっきりわかるまで、いかめしい顔をしてその場を動かなかった。もうじゅうぶんだと思ったところで、〈消えどころ〉を離《はな》れ、ときどきふりかえって子どもたちがついてきていることを確かめた。『おいで』森のなかを通り、川辺の道を歩いて、崖《がけ》をおり、またのぼり、南へ百メートル、子どもたちはついていった。岩があればよじのぼり、根が頭上から下がっているところでは体を低くして、たどり着いた。

ここが〈もどりどころ〉。

きらめく水が、平らな長い石でかこまれたせまい穴から地面にわきだしていた。母さんと父さんはいちばん大きな石の上にすっくと立ち、そばに子どもたちが集まった。五匹《ひき》はだまって水を見おろした。まわりに天敵がいないので、堂々《どうどう》と石の上に立っていられる。

ここは地下を流れてきた川がまた地上の世界へもどる場所だった。

セナは川から横へのびる小道を見つけた。たくさんの動物たちが通ってきた道だ。セナはその道にひかれた。兄さんがつやつやの黒い鼻でセナをつついて、『だめだよ』という。でもセナはそれに答えず、兄さんをおして父さんと母さんのそばへもどらせた。そして自分は小道に出た。

しばらくかけていくと、並木にかくれるように小さなくぼ地があった。そこから二十メートルも離《はな》れていないところに、人間が住む黄色い家があり、人間の女の子がいた。

「ひどいよ！」その声を聞いて、セナの心臓がどくんとなった。いつかの午後、空に向かって悲しみをはきだしていたのと同じ女の子だ。その子はいまもまだ悲しみでいっぱいだった。それに、怒《いか》りもあった。すごく混乱している。悲しみ。怒《いか》り。その両方で。

セナが体を低くして見ていると、女の子は木に向かってなにかを強く投げた。それはカエデの木にぶつかってこなごなになり、根もとに散らばった。夕日がさして、破片がきらめいている。

女の子はブーツでバリバリとふみつけ、破片をひとつ手にとった。細長くするどいナイフのようで、手が切れそうだ。女の子は家の前を走って、セナがひそんでいるすぐそばの道の手前まで来ると、するどい破片を森へ向かって思いきり投げた。

「むちゃくちゃにしたのはシルヴィだからね！　走るの、速すぎたんだよ！」

女の子はぺたんとすわりこみ、ひざにおでこをつけた。セナは体を地面すれすれまで下げ、ゆっくり前へ進んだ。ひろがってきた夕闇《ゆうやみ》と、草の影《かげ》にかくれて、すこしずつ近づいた。泣いている女の子のにおいがしてきたので、セナは吸いこんだ。なつかしいにおいがする。なぜだろう？　どういうこと？

しなやかな森の動物たちとはちがって、女の子はがっしりしていた。体をおおっているのは黄色いコットン――家とよく似た黄色のコットンのシャツだった。女の子の足からは、森や草地、川のそばをたくさん歩いたにおいがした。この子は、セナたちキツネの家族と同じように森の生き物だ。この子の家族はここでずいぶん長く暮らしてきたのだと、セナはすぐにわかった。でも、女の子の家族はキツネの家族とはちがって、何層にも重なる悲しみに包まれていた。

ここには深い深い嘆《なげ》きがあった。

セナは耳をすまし、理解しようとした。空気のにおいをかいだ。知っているにおいが、泣いている女の子をおおっている古いコットンのシャツにとじこめられていた。そのにおいはセナの骨と血のどこか深いところにうもれ、はっきりとしないけれども、確かに知っていた。セナは鼻をひくつかせて、もう一度においを吸いこむ。

そのとき、もっと重い足音が女の子のほうへ近づいてきた。背が高く、強そうな人間の男だが、この男もさびしく、つかれているのがセナにはわかった。

「おいで、ジュールズ。もう家に入って」男の声は静かで、つかれていた。

ジュールズ。ジュールズ。その言葉を聞いて、セナの体にぴりぴりとした感覚が走った。ジュールズ。泣いている女の子の名前だ。ジュールズ。セナの体にその名前がしみこんできた。ジュールズ。

「パパ」ジュールズという名前の女の子は男をパパと呼んだ。こうしてセナはふたりの名前を知った。キツネの名前ではなく、人間の名前を知った。

セナが見ていると、ジュールズという名前の女の子と、パパという名前の男は、黄色い家へ帰っていった。あたりは感情と記憶《きおく》であふれかえっていた。セナは空気を吸いこむ。頭の上で灰色と緑色の光の筋がふるえ、一帯にひろがる。〝ケネン〟とささやく声がした。記憶《きおく》をになうもの。

ジュールズは人間の女の子。

そして、セナはケネンのキツネ。

ひとりと一匹《ぴき》はつながっていた。ジュールズとセナ。でもそれはどういうことなんだろう。セナはあの知っているにおいを求めて、もう一度空気をかいだ。草むらのなかで、ジュールズが出てくるのを待った。けれど、黄色い家は静まりかえっていた。

そのとき遠くから、母さんキツネが帰っておいでと呼ぶ声が聞こえた。

『セナ』

『セーナー』

セナは母さんの声がするほうへ走りだした。『セナ』速く、もっと速く、セナは足が動くかぎり、せいいっぱい速く走った。でもその前にもう一度ふりかえり、人間の黄色い家を見た。

18

その夜、夕食のあと、ジュールズはサムがこれまで持ってきてくれた宿題や本を全部、キッチンのテーブルにつみあげた。パパはその量を見て首をふった。「まずは分類したほうがいいんじゃないかな」ジュールズはうなずいた。分類は得意だ。集めた石の分類なら百万回はした。でも宿題と石はちがう。石は好き。大好き。宿題は？　あまり好きじゃない。

「さあ、やろう、ジューリー・ジュールズ」パパがいった。そしておどろいたことにこうつけくわえた。「信じているよ」

ジュールズのパパが、ジュールズを信じてくれるパパがもどってきた。ジュールズののどの奥《おく》で小さな痛みがふくらんでくる。こみあげる涙《なみだ》を飲みこんだ。そのとき……パーン！

銃声《じゅうせい》が窓ガラスをふるわせた。「ずいぶん近いな」パパがいい、ジュールズもそのとおりだと思った。たまに聞こえる銃声《じゅうせい》には慣れっこになっていたが、最近は回数が増えている。

「クマがずいぶん大胆《だいたん》になってきたみたいだ。半径五キロの住人がみんな、クマを追っている」

たいていのクマは春になれば森に引きこもるものだ。春の森はハタネズミやウサギやハツカネズミ、それにキノコやナメクジも出てきて、食べるものに困らないから。ところがこのクマはちがった。春になっても、ゴミ箱をあさり、飼いネコを追いかけ、カエデの樹液を煮《に》てメープルシロップをつくっている小屋にも入ってきて食べ物を探しまわる。羊牧場のアーチャーさんがとくにこの地域のクマ退治に躍起《やっき》になっていた。自分の羊を一頭たりともクマにやられてなるものかと鼻息があらかった。

パーン！　もう一発。今度はすこし遠い。ジュールズはクマがかわいそうになった。クマのお母さんは、子どもたちにゴミ箱やメープルシロップ小屋や羊に近づくなと教えるものじゃない？　クマのお母さんはどこにいるのよ。ジュールズはお母さんクマに対して腹がたった。でも、もしかしたらあの子グマもジュールズと同じで、お母さんがいないのかもしれないと気がついた。子グマは、クマとして生きていくためにお母さんに教わったことを全部忘れちゃったのかもしれない。

そう思うと、また悲しくなった。

「パパ、わたし、おぼえてないの」

「なんの話だい？」

「ママのこと。パパとシルヴィがいつもふたりでママの話をしてくれたよね。思いだしたことをいろいろ」

「ああ、そうだった。話したね」

「でも、わたしは思いだせないの」また、のどにこみあげてきた。「ごめんね、パパ」

パパは椅子《いす》をテーブルによせ、宿題の山をわきへどけた。そして両手をテーブルについて、まっすぐジュールズの目を見た。「あやまることなんてない。ママが亡《な》くなったとき、ジュールズはまだ小さかったんだ。たくさんおぼえていたら、それこそびっくりだよ」

「習慣みたいなものだったのに。いっしょにママのことを思いだせる人がいなくなってしまった」ジュールズは涙《なみだ》を飲みこんでいった。

「ジューリー・ジュールズ、習慣はほかにもたくさんあるだろう。以前からの習慣だけじゃなく、新しくはじめたことも。たとえば、ポップコーンを食べながら、大好きな十一歳《さい》の娘《むすめ》と映画を観《み》るとか。これはパパ一押《いちお》しの習慣だ」

ジュールズはすこし考えてからうなずいた。そうだね。その習慣はわたしも一押《いちお》しだよ。

19

セナはすっかりキツネらしくなった。キツネの子はみんなそうだが、生まれてから数週間でセナも兄弟も急速に成長した。赤んぼうのやわらかい毛はほとんどぬけかわって、濃《こ》い赤茶色の毛になり、足と鼻としっぽの先だけが黒い。母さんと父さんはセナたちを、何世代も前から受けついできたキツネの育て方で育てた。千年のキツネの知識がセナと兄弟にしみこんだ。

しかしセナはケネンなので、兄さんも弟も両親さえも知らないことまで知っていた。弟は風とつながり、兄さんは水とつながっていたが、セナは人間の女の子、ジュールズとつながっていた。

セナは母さんに、灰色と緑色の光の筋が現れ、音もなくぶつかりあっているのだけれど、あれはなにかときいたことがあったが、母さんは首を横にふった。

『セナはケネンなのよ』

母さんの答えはそれだけで、悲しいおどろきに満ちた声だった。そのときまた灰色と緑色の光の筋が現れた。セナはその筋を見つめ、動きを目で追った。ところが母さんの目はずっとセナに向いていた。セナはその光の筋が見えていないのだとセナは気がついた。母さんには〝ケネン〟というささやきも聞こえていない。母さんキツネにしてみれば、自分は娘《むすめ》とちがって人間とのつながりがないのだから不安だった。

だけど、どうして？

ケネンであることをセナは納得《なっとく》していた。兄さんキツネが知らないことまで知っているって、いいことなんじゃない？　たとえば、森を歩きまわっている人間の若い男をひそかにつけている大きなネコは、セナにとってもセナの家族にとっても危険な存在ではないとわかっていた。ピューマ。あのピューマにも目的があることをセナは知っていた。

20

ジュールズが学校へもどる朝はあっというまにやってきた。パパがまた仕事へ行くことにしたので、ジュールズはひとりで一日家にいて、石をながめ、ときどきやってくるハーレスのおばあさんやエルクの話し相手をするだけというのは許されず、また学校へ行かなければいけなくなったのだ。でも、はっきりいって、これっぽっちも行きたくなかった。いまはまだ。行きたくない理由その一は、宿題を全然やっていないから。理由その二は、シルヴィがいないのにサムとふたりでバスに乗らなきゃいけないから。理由その三は、大きな両開きのドアから校舎に入ったとたんに、じろじろ見る人たちや、わざと目を合わさないようにする人たちがいるだろうから。理由はその四、その五、その六と、まだまだたくさん思いうかんだ。

学校へ行く前の夜、パーカーのポケットからオレンジ色のミトンを引っぱりだした。百万回もそうしてきたように、ミトンをまた鼻にくっつけた。シルヴィのにおいは、ミトンよりジョイナーTシャツのほうが強かった。ミトンはどちらかというと毛糸のにおいがする。だけどTシャツはシルヴィのにおいをとじこめた入れ物みたいだった。ジュールズはTシャツの首を引っぱって、黄色い生地《きじ》のなかに鼻をつっこんだ。ココナッツの香《かお》り。赤ちゃんが毛布を抱《だ》いて寝《ね》るみたいに、ジュールズは顔をTシャツにおしあてててねむった。

夜、Tシャツにたっぷりなぐさめられたのに、朝には最悪の気分になっていた。学校だ。シルヴィがいないのにひとりで行かなきゃ。

ジュールズはキッチンへ入ると、椅子《いす》にドンとすわり、つまさきで椅子《いす》の横木をつかんだ。ずっとここにしがみついていたかった。

「ジュールズ、だいじょうぶかい」パパがジュールズの呪縛《じゅばく》をといた。

ジュールズはうなだれ、髪《かみ》の毛を引っぱった。いつからブラシをかけてないの？　きのう？　二日前？　二週間前？　こんなぐちゃぐちゃにからまった髪《かみ》で学校へ行けないよね。パパを見ると、耳のまわりの髪《かみ》が白い。白髪《しらが》になったんだ。ジュールズは髪《かみ》の毛がからん

でいるところをぎゅっと引っぱり、やっていない宿題がテーブルのすみにつみあがってい
るのを見た。宿題の山。
髪《かみ》の毛はもつれているし、宿題が多すぎるし、石の整理をしなきゃいけないから、だい
じょうぶじゃないって、だめだって、パパにいおうとした。ところがパパがジュールズの
あごに手をそえて、顔を上げさせたので、正面から向きあわなくちゃいけなくなった。パ
パの目の下のくまやほおのたるみに気がついた。口もとには、決めたことを曲げない意志
が見えた。
「ジュールズならできる。パパの強い娘《むすめ》なんだから」
ちがう。だめだよ。できない。シルヴィがいないんだもの。時計はもうすぐ七時をさし、
学校へ行く時間だった。パパがジュールズのもつれた髪《かみ》の毛を引っぱった。「行ってみれ
ば、思ったほどひどくないかもしれないよ」パパはそういうけど、ひどくならないわけが
ない。シルヴィがいないのに学校へ行くなんて、考えるのも無理だった。シルヴィがいな
いのに〝もしかしたら〟の空想ゲームをするなんて考えられないのと同じ。
死んだら、どうなるの？

もしかしたら、羽がはえるかも。
もしかしたら、ルリツグミみたいに飛んでいくかも。
もしかしたら、だれからも見えないくらい、とても小さくなるかも。

21

セナはケネンである前にキツネだ。おとなのキツネになるための訓練は兄弟といっしょにまだつづいていた。〈消えどころ〉と〈もどりどころ〉を知り、狩《か》りを学び、敵が近くにいるときは森の奥《おく》へかくれろと教わった。そしてきょうは、道路についてだった。

『人間の道路をわたらなければいけないときには、まず、道路のわきの隠《かく》れ場所で待ちなさい。だれもいないことを確かめてから、素早《すばや》くわたりなさい』

母さんキツネと父さんキツネは、子どもたちにわたらせてみた。セナは自分の番になると、道の手前で止まり、左右を見て、耳をすまし、えものがいないか鼻をひくつかせ、ふりかえって母さんと父さんを見てから、走ってわたった。舗装《ほそう》された道に足裏がふれると、あたたかく、なめらかで、土とはちがって変な感じだけれど、気持ちがよかった。道路をわたりきったら、セナと兄弟はふりかえった。母さんと父さんは肩《かた》をよせあって、子どもたちを見つめている。安心した顔だ。それから母さんたちも道路を走ってわたり、森へ入っていった。

『ピューマがいる』

セナはくすんだ色の大きなネコがこれまでにないほど近くにいるのがにおいでわかった。セナは視線を上げた。すぐそばのカエデの木のいちばん低い枝にピューマが体を横たえていた。早朝の空気のなかで黄褐色《おうかっしょく》の毛はほとんど目立たなかった。

ピューマはくつろいでいて、筋肉はゆったりとのびている。おなかがすいていないので、えものを探す気もないらしい。〃おそれなくていい〃ピューマがセナを見て、目をまばたいた。〃シスター〃とピューマはケネンの言葉でいった。〃シスター〃――美しい言葉だった。

22

スクールバスをシャーマンの家の前で止めなくていいと、サムから運転手のサイモンさんにいってあった。だから、ジュールズはまた学校へ行くことにした日もバスには乗らなかった。なんとか髪《かみ》の毛をとかして、宿題の山をバックパックにつめこみ、パパにピックアップトラックで学校まで送ってもらった。ジュールズはパーカーの下にシルヴィのジョイナーTシャツを着ていた。

「帰りはバスに乗せてもらえるように、学校の事務室に電話をしておくよ」パパがいうのを聞きながら、ジュールズはシートベルトを胸の前に引っぱった。

ホブストン・スクールまで、一車線のスマック通りを十キロ走っていくあいだ、ジュールズは助手席の窓から外をながめていた。

ホイッパーウィル川にかかる橋をわたる直前、視界のすみで、赤いものがちらっと見えた。キツネ？　首をひねってうしろの窓から見たけれど、赤いものはもうなかった。森にはたくさんキツネがいるが、たいていかくれて暮らしている。ジュールズはもう一回見えないかと、うしろを向いたまま探していた。キツネは幸運のしるし。きょうほど幸運が役に立つ日はない。でも、動くものはなにもなかった。キツネはもういない。

ジュールズはトラックの布製シートにもたれた。シルヴィが亡《な》くなる前にジュールズがつくった小さなキツネの雪だるまを思いだした。シルヴィがあのキツネを見たらきっと気に入ったはず。シルヴィはジュールズがつくる動物の雪だるまをどれも大好きだったけれど、あのキツネはいちばんのお気に入りになっていたと思う。

「幸運だ」パパがいった。

「なに？」

「キツネだよ。パパも見た」パパはちょっとほほえんだ。ジュールズはきょう一日じゅう、この笑顔《えがお》とずっといっしょにいたかった。だけどすぐ、学校の入り口が見えてきた。

「だいじょうぶだ、ジュールズ。だいじょうぶ」

パパは自分にいいきかせているみたいだった。ジュールズのつらさは、そのままパパのつらさだというみたいに。パパといっしょに家へ帰りたくてたまらなかった。ポップコーンをつくって、ソファにすわって、パパに肩《かた》を抱《だ》かれながら映画を観《み》たい。でもパパは運転席からおりて、ジュールズがすわっている助手席側に回ってきた。ジュールズがドアの取っ手をにぎれずにいたら、だれかがドアをあけた。

サムだった。

「やあ」サムはそういうと、ジュールズのうしろに手をのばし、やっていない宿題がつまったバックパックをつかんで自分の肩《かた》にかけた。それからパパに軽くうなずいて、ほほえんだ。ジュールズはこの前、サムにどなってしまって悪かったと思っていた。でもサムはそのことを気にしていたとしても、そんなそぶりはまったくない。

パパはもうトラックにもどっていた。ジュールズは不安で胸が張りさけそうになりながら、パパを見る。パパはジュールズの気持ちはわかっているというように、ウィンクをして見せた。〝またあとで〟と、パパは声には出さず口を動かした。キーを回すと、エンジンが音をたてた。ジュールズはドアの取っ手に手をのばしたが、サムにうしろへ引っぱられた。

「がんばろう」サムにいわれて、今度はジュールズがうなずいた。

「だいじょうぶ」ジュールズは本心とは逆のことをいっていた。

「きょうの朝、キツネを見たんだ」

「わたしも見た！　橋をわたる手前のところで」

「きっと同じキツネだ」サムはそういうと、こぶしをつき出し、ジュールズのこぶしとごつんと合わせた。本当にひさしぶりだ。

確かに。キツネはほんのすこし幸運をもたらした。ジュールズは深呼吸をしてから歩きだし、サムといっしょに校舎のドアをくぐった。廊下《ろうか》にはロッカーがならび、壁《かべ》には学校劇の案内ポスターや、リトル・リーグの入団試験のポスターなどがはってある。なにも変わっていない。前と同じだった。

あれを見るまでは。

廊下《ろうか》のはしっこに、シルヴィの大きなポスターがあるのだ。陸上競技の練習中のシルヴィが、いまジュールズがパーカーの下に着ているジョイナーTシャツを着て、地面に指をつけクラウチングスタートの姿勢をとっている。かがやくような笑顔《えがお》でまっすぐこちらを見るシルヴィのまわりに、友だちからのサインとメッセージがいっぱい書かれていた。

会いたいよ。

大好き。

シルヴィは最高でした。

ジュールズは全力でなぐりとばされ、壁《かべ》に激突《げきとつ》し、そのまま動けなくなった気がした。

「おい、ジュールズ」サムが腕《うで》をつかんで、ゆさぶった。

「無理だよ」ジュールズは服のそでを目に当て、涙《なみだ》をおさえた。そして深呼吸をしようとした。

「だいじょうぶ、いける」サムがジュールズの腕《うで》をつかんでいる手に力をこめた。

だけど、どうすればいいの。シルヴィがいなくなって、はじめてひとりで来たんだよ。

ジュールズはホブストン・スクールのコンクリートの床《ゆか》を見おろした。できる。いける。

一歩ずつ。まわりでロッカーをあけしめする金属音がする。一時間目のベルが廊下《ろうか》にひびき、サムがせかしてくる。

「さあ。教室まで送っていくから」

ジュールズは前へ進もうとした。サムに腕《うで》をつかまれている。

「さあ」サムがもう一度いった。そのとき、ほかの声も聞こえた。知っている声ばかりだけど、もうずっと聞いていなかった声だ。みんなが名前を呼んでいる。「ジュールズ……お帰り……おはよう、ジュールズ……ジュールズ、来たんだね……ジュールズ……ジュールズ……ジュールズ」たくさんのやさしい声。それに、ハグ。ハグの嵐《あらし》。みんなのハグで気持ちが安らぎ、涙《なみだ》をこらえられた。仲のいいみんなの顔を見て、ずいぶんここから離《はな》れていたのだと、あらためてわかった。

サムは廊下《ろうか》を歩くあいだずっとジュールズのそばを離《はな》れず、六年生の理科の教室まで送っていった。ジュールズはくさった卵のにおいにむかえられた。理科の実験室はいつもこのにおいがする。ジュールズがふりかえると、サムはうしろにまだいた。

「帰りに会おう」サムはそういってバックパックをわたした。ジュールズはうなずいた。

サムが離《はな》れていくところを見なくていいように、すぐに教室に向かった。

新しいことと、いつものこと、まぜこぜで午前中は過ぎていった。ヴァーモント州ホブストンに住む人たちは生まれてからずっとおたがいをよく知っている。となりあう家族は何世代もつきあって暮らしてきた。土地、農場、家は、骨や皮膚《ひふ》から爪《つめ》の先にまでしみついていた。

あるとき、パパがジュールズの左のてのひらを上に向けた。そして人差し指から手の横までつながる短い線を指でたどった。

「これがノース川」そういったあと、パパはジュールズの中指から手首につながるうすい線をたどった。そして二本の線が交わるところを指さし、「ここがホブストンだ」といった。最初の線とほぼ平行にもうすこし長い線がのびている。「これがホイッパーウィル川」あの川だ。ハーレス家とポーター家の土地を分けている川で、百メートル地面にもぐって見えなくなる川、そしてお姉ちゃんをのみこんだ奈落《ならく》の淵《ふち》がある川。

そのときジュールズはてのひらを見せたまま、ほかの線はなんなのときいた。

「これは生命線だよ。見てごらん。こんなに長いだろう」パパはほほえんで、指でその線をなぞった。「ジュールズの一生は愛情と冒険《ぼうけん》がいっぱいで、こんなに長い」パパはシルヴィのてのひらの線もなぞったことがあったのかな。ジュールズは知らなかった。

23

セナと兄弟キツネたちはすっかり大きくなり、父さんや母さんと離《はな》れて森のなかをうろついたり、狩《か》りをしたりできるようになった。弟キツネはひとりで行動したがったが、兄さんキツネとセナは獣道《けものみち》をいっしょにかけて、川のそばで遊んだり、協力して狩《か》りをしたりするのが好きだった。しかし毎日一回は、兄さんキツネがセナから離《はな》れるときがある。兄さんはピューマがこわくてしかたがなかったが、セナはピューマにひきつけられるからだった。

結局のところ、セナもピューマもケネンだからということなのだろう。毎日、ピューマは冷たい草地に身をかくして待っていた。するとすぐにエルクが現れた。エルクは遠い異国から帰ってきたあと、毎日ここへやってきた。

エルクが来ると、ピューマはエルクのにおいを吸いこんだ。それは、セナが自分とつながっている人間であるジュールズのにおいを吸いこむのと同じだった。ジュールズとエルク。ふたりの物語はからみあっているのがセナにはわかった。

しかし、エルクのにおいは、そのにおいがつまった過去と同じで、多くのものが雑多に入りまじった、あらあらしいものだった。ジュールズと同じく木と土と石のにおいがしたが、エルクからは砂《すな》、金属、黒煙《こくえん》のにおいもした。それは逃《のが》れたいのに逃《のが》れられないにおい、ねばねばしたクモの巣のようにまとわりつくにおいだった。

セナは下草のなかで身をかがめてピューマを見つめた。ピューマが空き地のすみにある長くて平らな岩棚《いわだな》の下にかくれていると、エルクがやってきた。空き地には樹齢《じゅれい》百年のオークの木がそびえ、その根もとにある大きな一個の石に影《かげ》を落としている。ここがエルクの聖域であり、隠《かく》れ場所だった。すぐ近くに、セナが地上にはじめて出た日ににおいをかぎあてた石の洞窟《どうくつ》があった。そこは目につかず、動物と人間、両方の足跡《あしあと》がついていた。

エルクはしめった地面に腰《こし》をおろし、あおむけになった。そして頭の上に両腕《りょううで》をのばして、木の葉のあいだから早朝の空を見あげた。そこは三日月型の池の近くで、へもどりどころ〉のすぐ下流だ。ピューマは平らな岩棚《いわだな》のところでじっとしていたが、黄褐色《おうかっしょく》の毛色がすっかり石の色にとけこんで見分けがつかなかった。

エルクのにおいは力強く、謎《なぞ》めいていた。過去に出会ったほかの人間のにおいもまざっている。エルクはしばらく地面に寝転《ねころ》がったままじっとしていたが、やがて深く息を吸った。

「ジークだろう？　ここにいるのはわかってる」エルクの声はおだやかだった。

セナが見ていると、ピューマの耳がぴんと立った。男はピューマに話しかけているのでも、ほかのなにかに話しかけているのでもない。ただ話していた。

その声はとても小さく、ささやきのようだったが、セナには男がなにかいうたびに小さな煙《けむり》がふわっとふきだすみたいに見えた。家、砂漠《さばく》、さびしい、石……そんな言葉が空中にうかんでは消えた。

灰色と緑色の光の筋がエルクの前でふるえている。ピューマは動かず、ただ聞いていた。

「会いたいよ、相棒」エルクがいった。

セナはエルクとつながってはいないけれど、エルクのたくましい体の内にある痛みは伝わってきた。その痛みから走って逃《に》げたい、兄さんキツネのところへもどって、いっしょに川まで走りたいという気持ちをおさえた。ピューマはこの痛みをもっと強く感じているらしく、大きな前足の上にあごを乗せている。

暗い森から顔を出したばかりの太陽も、光を放ってはいるものの、さびしげで不機嫌《ふきげん》そうに見えた。

24

ジュールズはどの教科でもおくれていた。一か月、学校を休んでいたのだから当然だ。宿題をしなかったせいでもある。身にふりかかった、とてつもなく大きくておそろしいことの前では、宿題も学校もどうでもよくなっていたのだ。教室にすわり、壁《かべ》をながめていた。本やたくさんのファイルがならび、古い時計は二時十八分で止まっている。

やっと終業のベルが鳴ると、すでにぎゅうづめのバックパックに持ち物を全部入れ、ロッカーの横へ行ってサムを待った。サムにそうしろといわれていたから。そこからいっしょに歩いてバスに乗りに行こう、と。そのとき、リズ・レディングが歩いてきた。学校で、シルヴィについで、二番目に足が速い女子だ。リズのことは幼稚園《ようちえん》のときから知っている。ジュールズがバックパックを肩《かた》にかけ、あまりの重さにへこたれそうになっていると、ちょうどサムが来た。

リズはまっすぐジュールズを見ていった。「まだ死体は見つからないの？」

パーン！　リズの言葉が、朝、廊下《ろうか》のポスターを見たときに食らったパンチのように、ジュールズになぐりかかってきた。

リズはくりかえした。「死体はまだ出てないの？」

死体？　わたしのお姉ちゃんのこと？

そのときジュールズは、その日、一日じゅう、顔を合わせた友だちはみんな、それをたずねたかったのだと気がついた。リズ以外だれも口に出さなかっただけだ。リズにたずねられた言葉が廊下《ろうか》で宙にういている。〝死体はまだ出てないの？〟

のどにつきさすような痛みがあった。ジュールズは涙《なみだ》をこらえ、とにかく早くここを離《はな》れてバス乗り場に向かおうとした。でもリズは話をつづけた。「だけどさ、全然見つからないなんて、おかしいよね？　なにも出てないんでしょ？」

「リズ！　やめろよ！」サムがいった。

「なによ」リズが答えた。

ジュールズはふるえだした。廊下《ろうか》のはしっこの大きなポスターのなかで、シルヴィのかがやく笑顔《えがお》が目に入った。ジュールズはリズへの怒《いか》りで体がふるえた。リズなんて、シルヴィが歩いた廊下《ろうか》を歩くのも許せない。軽々《かるがる》しく「死体」なんていったんだよ。「死体」だよ？　ジュールズはこぶしをふりあげて、リズにとびかかっていた。サムがふたりのあいだに入って止めたので、ジュールズはこぶしも足も、言葉にならない怒《いか》りも、リズにぶつけられなかった。

ジュールズはサムをかわして走りだし、廊下《ろうか》のはしっこまで行った。そこで高くとびあがってシルヴィのポスターを引っぱった。何回もとんで、引きはがし、びりびりにやぶいた。もうこれでシルヴィは見えなくなり、リズ・レディングみたいな人の好奇《こうき》の目にさらされずにすむ。

サムはすぐに追いついたが、ポスターはもうすっかりちぎれて、くしゃくしゃになっていた。

「行こう」サムは息を切らしながらジュールズの手をにぎる。「行こう、ジュールズ」本当に引きずるようにして、ジュールズを校舎から連れだした。バスはもう来ていた。排《はい》ガスのにおいが鼻につく。サムはひらいているバスのドアへジュールズをおした。サムのほおは赤くなっていた。

「帰ろう」

「でも――」

サムはジュールズの背中をおして先に乗せた。「リズのことなんか放っておけ。なにも知らないんだから」サムは低く、暗い声でいった。

何年もずっと三人の席だったシートを通りこし、ふたりはいちばんうしろのシートにすわった。これで帰れる。ジュールズは窓側のシートで体を丸めた。紙で切れた手の傷をジーンズにこすりつけた。リズのいったことが頭のなかでぐるぐると渦巻《うずま》き、ハーレスのおばあさんから聞いた美男の兄弟の話を思いだした。川が弟を戦利品として手もとに置き、兄は何年もたってから、水中で弟の手をはなしたのだというおそろしい秘密をうちあける、ばかばかしい話だ。

シルヴィがひたすらにとても速く走りつづけている姿がジュールズの頭にうかんだ。津《つ》波《なみ》より速く、疾風《しっぷう》より速く、矢より速く。すごく速く。

どうしてかっていうと……シルヴィの秘密。

ジュールズは緑色のビニールのシートにもたれた。速く走るのはどうして？　なんのため？　ジュールズにも納得《なっとく》できるような答えがあるはずだった。サムはバックパックからガムを出してジュールズにも一枚わたした。シナモン味。サムはゆっくり包みをはがして、口に入れてかみはじめた。あごの関節が動くのをジュールズは見ていた。リズのおそろしい言葉が耳のなかでこだまする。

ジュールズはシートに深く体を沈《しず》ませ、目をとじた。サムによりかかり、そばにいてくれてありがとうと思う。

バスはけんめいに坂をのぼった。そして運転手のサイモンさんがギアをニュートラルに入れて坂をくだりはじめると、バスはほっとしたように息をはきだした。バスがジュールズの家の前の川にかかる橋をわたるとき、ジュールズは目をあけて、またキツネを探した。でも川が流れているだけで、なにもいなかった。

道路から見ると、黄色いジュールズの家は午後の日に照らされてかがやいていた。黄色は夏に咲《さ》くキンポウゲの色で、キンポウゲはママの青いヘアバンドに刺繍《ししゅう》されていた花だった。シルヴィがいなくても、夏は本当に来るの？

午後の太陽も同じ気持ちだったようだ。その瞬間《しゅんかん》、太陽は雲にかくれ、家のかがやきをなくした。いまや、家もさびしそうに見えた。家のなかでは、ハーレスのおばあさんがジュールズの帰りを待っている。パパがそういっていた。またスープがあるかも、とジュールズは思う。また静かな家。またシルヴィのいない家。またスープ。

サイモンさんがジュールズにおりるようにと手まねきをする。「ほらほら、ジュールズ」やさしい言い方だった。ジュールズがバスからおりて、サムをふりかえると、サムは窓からバイバイと手をふっていた。

バスが走りさって、プシュというブレーキ音が聞こえなくなっても、ジュールズはまだ家の前の道にたたずんでいた。頭の上で鳥たちのさえずりがひびく。木々《きぎ》がジュールズに向かって頭を下げているみたい。暖かな春の午後の空気を肺いっぱいに吸いこんだ。まわりはどこも緑、緑、緑で、春を感じずにはいられない。ジュールズは空を見あげた。

死んだら、どうなるの。

もしかしたら、風になるかも。

もしかしたら、星になるかも。

もしかしたら、ホタルになって、夜を照らすかも。

ジュールズはバックパックを道におろした。そこから家のほうを見た。パパはもうすぐ帰ってくるだろう。

それからジュールズは森のほうを向いた。目に見えない線がある。まわりは灰色なのに、その線は薄暗《うすくら》がりのなかで光っていた。すごく速く走れたら、チーターより速く、サラブレッドの馬より速く、スズメバチより速く走れたら、あの線をこえられる。そしたら、また森へ、シルヴィとジュールズが愛した森へ行ける。エルクは毎日、森のなかの空き地へ行ってるんだと教えてくれた。

「ジークと話をしに行ってるんだ。変だろう。だけどなぜか、近くにジークがいるような気になるんだよ」

エルクは肩《かた》をすくめていっていた。「ジュールズはシルヴィと話し、おれはジークと話す。他人に知られて、なにかいわれたってかまわない。だれにもわからなくても、自分にだけわかることってあるものだ」

ジュールズはもう一度森へ行きたかった。エルクといっしょに空き地にすわりたかった。おどろかせないように、静かにこっそり行動したら、また小さなキツネを見られるかな。クマを見たって平気だ。たくさんゴミをあさって、おなかがいっぱいで満足しているから、ジュールズのことなんて気にもしないだろう。そうだよ、もうそろそろ、森へ行かなくちゃ。

それに、めばえたばかりの切なる願い――〝石の洞窟《どうくつ》を見つけられますように〟――がジュールズを森へ呼んでいる。

一歩進んだ。また一歩。でも目に見えない線のところで足が止まった。わずかな音もたてないようにじっと立ち、それからまたすこし前に出た。つまさきが線にふれる。こんなの、こえるのは簡単。だって、見えないんだよ。ジュールズは体を前にかたむけた。できる。一歩出せばいいだけ。引っぱられるのを感じた。腰《こし》にロープを結ばれて、森全体に引っぱられているみたい。ごつごつしたかたいロープがてのひらにこすれるのを感じるほどだった。目に見えない綱引《つなひ》き。

つまさきで線をもう一度つついた。フェンスはないし、壁《かべ》もない。でも、またパパ憲法をやぶることになる。これまで、ジュールズとシルヴィはサムといっしょに森のなかを歩きまわることを許されていた。奈落《ならく》の淵《ふち》には近づかない、家から呼べば聞こえる範囲《はんい》にいる、野生の動物にかまわないという約束を守りさえすれば、うれしいことに森へ行ってもよかったのだ。

でも、いちばん厳しくいわれていた〝なにがあっても、絶対に奈落《ならく》の淵《ふち》に近づいてはいけない〟のルールをやぶってしまった。そのせいでシルヴィはいなくなり、パパとふたりで〈シルヴィ以後〉という時間を生きている。ジュールズはポケットに手を入れ、シルヴィのミトンをにぎった。ぎゅっと強く。あのとき、シルヴィの手をもっと強くにぎっていれば、あのときいっしょに行っていれば。シルヴィをつかまえておけたし、行かせることもなかったのに。川の兄弟みたいにならずにすんだのに。ジュールズはシルヴィの手をしっかりにぎってはなさなかっただろうに。

「線をこえてはいけない」とパパはいったのだった。「こえようなんて、ちらっと考えるだけでもだめだ」とまで。

ちょうどそのとき、パパのピックアップトラックの音がした。パパは家の前にトラックを止めて、ドアをしめ、こちらへ歩いてきた。すらりと背が高くて、心配そうな顔のパパが腕《うで》をひろげている。

「ジューリー・ジュールズ、やったな。パパもジュールズも、復帰初日をやりとげた」

ほんのすこしのあいだ、ジュールズは線をこえたいという気持ちから逃《のが》れることができた。

25

パーン！

ポーター家のキッチンで窓ガラスがゆれた。サムは小さいときから銃声《じゅうせい》を聞いて大きくなったのに、いまでも耳にするたびびくっとする。だれかがまた、あのバカな子グマを追っているのだろう。七面鳥の狩猟《しゅりょう》シーズンがもうはじまっているなら別だけど、サムにはわからなかった。そういえば、羊牧場のフレッド・アーチャーから父さんに電話があった。父さんは携帯《けいたい》電話をポケットにしまいながら、「子羊のことが心配みたいだ」といって、それからまっすぐサムの顔を見た。「アーチャーがうちの敷地《しきち》まで入ってくることはないが、とにかく外に出るときは注意しろ。クマは家の境界線なんて気にしないからな」父さんはため息をついてつけくわえた。「それに牧場主だって、かっとなったら見境がなくなることもある」

サムは父さんのいうとおりだと思ったが、これまでポーター家の敷地《しきち》にも、シャーマン家の敷地《しきち》にも無断で立ちいる人を見たことはなかった。どんなフェンスを立てるより、ホイッパーウィル川が効果的なバリアになっている。

パーン！　もう一発。

銃声《じゅうせい》は、兄さんのエルクに去ってきた紛争地《ふんそうち》を思いださせ、心をざわつかせているにちがいなかった。兄さんはあの音を聞くたびに目を細め、肩《かた》をこわばらせる。

ジュールズのこと、ジュールズがリズに対して異様なまでに怒《おこ》ったこと、エルクのこと、エルクがしゃべらないことに、サムはくたくただった。ぼくだってさびしいんだ、とさけびたくなるときがあった。このサム・ポーターも、シルヴィとジークが大好きだったんだ！　って。でもいまは、エルクとジュールズのあいだに、サムの悲しみまでおしこむ余地はなかった。

だけど状況《じょうきょう》はこれから変わっていくのかもしれない。ジュールズは学校でキレてしまったけれど、悪いのはジュールズじゃなかった。リズが無神経だったのだ。とにかく、ジュールズはもどってきた。サムはもうバスのなかでひとりじゃない。

その夜、夕食のとき、エルクが突然《とつぜん》顔を上げていった。「森にいると、だれかに見られているような変な気がするんだ」家族が返事をする前に、エルクははずかしげな顔になり、つけくわえた。「ゴミをあさってうろついている、あのクマかもな」

そうかもね。でも、ピューマだったら？　とサムは思った。毎朝ラジオを聞いていたが、新しい目撃《もくげき》情報は出ていなかった。

前に、モントピーリアの博物館でピューマの剝製《はくせい》を見たとき、サムは心をつかまれた。ガラスケースに入れられ、ガラスの目をはめられた昔のピューマを見て以来、ずっと本物を見たいと思っていた。生きているピューマを見れば、ガラスケースに入れられたピューマの威厳《いげん》をとりもどせるような気がした。それは大事なことじゃないか？　つかまえられていないピューマを見ること、それともせめてピューマがまだ棲息《せいそく》していると確認《かくにん》できること。それが大事なんだ。

パーン！

また一発。今度は近かった。サムは椅子《いす》をうしろに引いた。もしこのあたりにピューマがいたら、ハンターはそんな貴重な動物でも撃《う》つだろうか。ばかげた疑問だ。フレッド・アーチャーは牧場の子羊が危険だと思えば、貴重な動物かどうかなんておかまいなしだろう。絶滅《ぜつめつ》のおそれがある動物を撃《う》つのは違法《いほう》だといくらいっても、アーチャーににらまれたら、ピューマは生きていられない。

牧場主の気持ちはサムにも理解できた。飼っている動物を守らなければいけないのだ。だが、ならずもののクマがいるのと同じように、ならずもののハンターもいる。ピューマの毛皮の絨緞《じゅうたん》をリビングルームに敷《し》きたいと思うハンターもいるだろう。それが世界で最後のピューマだろうが、ハンターには関係ない。

でも、そうだとしたら？　本当にこのピューマが最後の一頭だとしたらどうする？　たった一頭残ったピューマだと思うと、サムはなにがなんでも守りたくなった。橋のたもとにいた小さな赤毛のキツネを思いだす。あのキツネもハンターにねらわれるだろう。子羊を育てている人にとっては、キツネもにくむべき敵なのだ。ヴァーモントの森のそばで暮らす人間と、同じ森を歩く野生動物とがともに生きられるようにバランスを保つのは難しかった。サムにとってはみんなが森に住む生き物だった。どの人間も動物もみんな。

第3章

26

川向こうの農場でオンドリが鳴き声をあげ、セナは目をさました。東の空は、遠くの松林の上まで明るくなっている。兄さんキツネはまだねむっていた。セナは兄さんの首もとに鼻をくっつけて、そろそろ起きそうかどうか調べてみたが、起きる気配はなかった。

兄さんとはずっといっしょにいたいけれど、〈だれか〉を見つけなければいけないという思いが強くなっていた。ジュールズという女の子とつながりがあるが、セナにはもうひとり、探さなければいけない〈だれか〉もいるのだ。セナのその強い思いは体の中心からわきだし、四本の足へとひろがった。灰色と緑色の幾筋《いくすじ》もの光が目のすみでちらちらする。早朝の川がセナを呼んでいた。もしかしたら〈だれか〉が川のそばにいるのかもしれない。

セナはねむっている兄さんにもう一度そっとふれてから出かけた。

エルクとピューマのにおいがする空き地を走りすぎた。一歳《さい》の子グマと人間が出すゴミのくさいにおいがするところも走りすぎた。それから、秘密の洞窟《どうくつ》も走りすぎた。この洞《どう》窟《くつ》は昔の人間と最近の人間、動物や石のにおいがまざりあっていた。

セナの胸のなかで心臓が激しく打つ。顔を上げると、きらきらと水が反射するのが見え、もうすぐ川だとわかった。スピードを落としながら、川岸につづく獣道《けものみち》を走っていく。石や根っこを軽くとびこし、落ち葉のつもった大きな岩をこえ、〈もどりどころ〉の上にある高く、平らな岩棚《いわだな》に着いた。

セナは〈もどりどころ〉を見おろす。水は暗がりからわきだし、地表にひろがり、うたい、ささやきながら南へ流れていく。そこでセナはかいだことのない、けれど興味をひかれる新しいにおいに気がついた。えものではない。前足と爪《つめ》で引っかき、鼻でおして、小さい石をどかした。

あった。

小さく丸まった、よごれた布切れ。人間のものだ。もとは青色だったのかな？　それとも黒色？　もとの色はともかく、いまは太陽と雪と雨風とで色あせていた。泥《どろ》の筋と、爪《つめ》で引っかいた跡《あと》がある。

セナは顔を近づけてにおいをかいだ。そのとたん、幸せな気持ちがおしよせた。歯でくわえて、頭をふると、小さな布のひもがはらりとゆれた。そのとき、布切れから別のにおいがした。セナの注意をひきつけるなにかのにおい。

このにおい、なにかを思いだすのだけど、なんだろう。

セナは白色を思いえがいた。

白。冷たい。きれい。

雪。

セナは実際に雪をきゅっと足でふんで冷たさを感じたことはなかったが、キツネの祖先から受けついだ知識で知っていた。布切れのにおいを吸いこむ。それから水辺におりて、落ち葉の山にあごを乗せた。

白いものがふってくる昔の記憶《きおく》にセナはふるえた。でもそのとき、昔のものではないものも見えた。雪だるまの家族だ。お母さんとお父さんとふたりの娘《むすめ》。まんなかに、小さな雪のキツネがいる。

ジュールズ。その小さなキツネをつくったのはジュールズだ。

それから雪をふみしめる感触《かんしょく》があり、冷たくてきれいな雪のなかへ走りだす。セナはそれを自分の体で感じられた。自分の足に、白いものがふるなかを走る感覚があった。

全身がうずうずした。この細い布切れをどうにかしなければいけない。夜明け前のような青色で、花の刺繍《ししゅう》があるこの布切れ。

セナは布切れをくわえて、もう一度ふると、走りだした。草地をこえて、ストローブマツの大木のうしろの道からそれたところにある石の洞窟《どうくつ》を目指した。

足を止めた。ここは人間のにおいが強い。そのほかにピューマのにおいと、この付近に棲《す》む動物たちのにおいも強かった。でも、ほかにもなにかある。布切れについているのと同じにおいも、この秘密の洞窟《どうくつ》から感じた。かすかだけれど、確かににおう。セナはためらった。森の生き物すべてに洞窟《どうくつ》が見えるわけではなく、なかに入れる生き物はさらにすくないのだと知っていた。入れるかどうかよりも、入ろうとする生き物があまりいない。洞窟《どうくつ》は、見つける理由がある者にだけその姿を現すのだ。布切れをくわえたセナには理由があった。

入り口にたれさがっている葉を鼻でどけて、そろりとなかへ入り、暗闇《くらやみ》に目を慣らそうとした。

ここはとても古くからある場所で、セナが来るより前に、人間も動物もたくさんの者が来ている。ケネンもおとずれた。それを証明するかのように、暗闇《くらやみ》のなか、セナの目の前で緑色と灰色の光の筋がゆれている。ケネン。ここはセナが帰るべき場所。古来のにおいをかいだ。よく知っているにおいも、そうでないにおいもあった。

あたたかく、おだやかな感覚に包まれ、セナは地中深くにあった自分が生まれた巣穴を思いだした。緑色と灰色の光の筋がセナのまわりをただよい、それから束になって静かに洞窟の壁にぶつかった。そこに小さな火花が起き、火花はだんだん大きな明かりになっていった。そうしてひろがった光のなかに、セナの毛と同じ色の長い髪《かみ》をしたひとりの女の人がうかびあがった。セナの毛はもうほとんどおとなのキツネの毛になり、いまは赤茶色になっていた。女の人はちかちかと消えたり現れたりしている。

あ！　セナはすぐにわかった。この人！　この人が〈だれか〉だ！　やっと会えた。

鼻先から長いしっぽの先まで、セナの体で喜びがはじけた。うしろ足で立って、前足を

〈だれか〉の脚《あし》にかける。見つけた！　どこにいるのかわからなかった〈だれか〉を見つけたのだ。セナは小さな体に幸せが満ちみちて、くるくると輪をえがくように回った。ぶつかりあう光の筋から美しい音が聞こえるようだった。

ところが、その女の人はセナに背を向けて歩きだした。セナはついていく。どこへ行くの？

赤茶色の髪《かみ》の人はセナを洞窟《どうくつ》の奥《おく》へと導いた。でも、ふりかえらなかった。セナは布切れをくわえたまま、見失わないように早足でついていった。

女の人の声が聞こえた。よく知っているようだけれど、はじめて聞く声。〝危険よ、セナ。速く走らないとだめ。できるだけ速く〟

セナは走ったけれど、追いつけなかった。

女の人はだんだん小さくなっていく。〝もっと速く走るのよ、セナ〟でも、セナがどんなに速く走っても、追いつけなかった。速く、もっと速く、キツネが出せるせいいっぱいの速さで走った。でも、その速さでは足りなかった。とうとう女の人は見えなくなり、セナが感じていた幸せは洞窟《どうくつ》のよどんだ空気のなかにかき消えた。あとには女の人の言葉だけが残り、セナの耳のなかでくりかえしひびいていた。メッセージだ。危険がそばにある。危険が近づいている。

〝もっと速く走って、セナ〟

でも、セナは走りたくなかった。あの女の人といっしょにいたかった。ひざの上で体を丸めて、ねむりたかった。もう一度追いかけようとしたけれど、あの人はもうどこにもいない。

クスンと鳴き声がもれた。緑色と灰色の光の筋は一度光り、それから消えた。セナは、ふみかためられた土の地面に置いていた布切れをまたくわえ、太陽がさす外へ出た。

そのとき、背中と首の毛が逆立った。ハンターがいる。ライフルを背中にかついでいる。あの女の人のメッセージがセナの耳のなかでひびいた。〝危険。速く走らないとだめ、セナ〟

でもジュールズを見つけるのが先だった。セナはジュールズにヘアバンドをわたさなければならない。

27

ジュールズはつぎの日も学校へ行き、なんとかやりすごしたけれど、リズ・レディングを見かけるたびに腹がたって、顔がこわばった。帰りのバスでサムといっしょにいても怒《いか》りはなかなかおさまらなかった。サイモンさんがバスを止めると、ジュールズはかけおりた。

「ジュールズ、だいじょうぶ?」サムがバスの窓から大声できいた。でもジュールズは答えなかった。だいじょうぶなのかどうか、自分でわからなかったから。〈シルヴィ以後〉にずっとしばられて、つかれていることだけはわかった。家へ向かって歩きだすと、目に見えない線が挑発《ちょうはつ》するみたいに光った。〝ダメだろ。ダメだろ。ダメだろ〟

ジュールズは家へ入り、ドアをバタンとしめ、重いバックパックをドスンとテーブルに置いた。さらにドカドカと足音をたてて家じゅう歩きまわりたい気分だったが、ハーレスのおばあさんの声が聞こえた。「ジュールズ！　静かにしてくれるかい」

リビングルームのカーテンは全部しまっていた。部屋は真っ暗。そこに青白い顔のハーレスのおばあさんがいた。

「朝からまたいつもの偏《へん》頭痛がしてね。ソファですこし休みたいんだよ」

「ごめんなさい」ジュールズは小声であやまった。でも、あやまったのはその一瞬《いっしゅん》で、すぐにそんな気持ちはなくなった。暗いリビングルームにいて、チャンスに気がついたのだ。おばあさんが完全にねむるのを待ち、しんしんとふる雪よりも静かに玄関《げんかん》ドアから出て、それからまっすぐ目に見えない線まで歩いていった。あたりを見まわして、だれもいないことを確かめると、森に向かって声を出した。

「パパ、ルール違反《いはん》だってわかってる」

そこで口をつぐんだ。声に出してみると、迷いが出た。パパがこの新しいパパ憲法をどんなに厳しく守らせようとしていたか、わかっているから。ジュールズはもう一度あたりを見まわし、だれもいないことを確認《かくにん》した。

「でも、聞いて。ある場所を見つけなきゃいけないの。エルクと約束したのに、守ってなくて……」また口をつぐむ。ちゃんとわかってもらえるような説明ができなかった。

「絶対に――」ジュールズは口にするのもいやな言葉をがんばっていった。「奈落《ならく》の淵《ふち》の近くには行かない。約束する」

さあ。これでよし。ジュールズは弱気になる前に見えない線をこえて、あの道に出た。リズ・レディングにきかれたことが頭にうかぶ。まだ死体は見つからないの？　シルヴィの死体を見つけた人なんていない。だれも。

でもエルクはジークの魂《たましい》がこの森にあるような気がするといっていた。もしかしたら、シルヴィの魂《たましい》も森にあるかもしれない。この森がシルヴィが最後にいた場所なのだから。ジュールズにシルヴィの体は見つけられなくても、もしかしたら魂《たましい》は見つけられるかもしれない。もしかしたら魂《たましい》は石の洞窟《どうくつ》にあるのかも。そこは魂《たましい》の集《つど》う聖なる場所だと、ハーレスのおばあさんはいっていたもの。それにエルクは信じている。そうじゃなきゃ、ふたごの瑪瑙《めのう》をわたして、最悪のことが起きたときには自分たちをたたえて置いてきてほしいなんていうはずがない。

ジュールズは顔を上げ、空に黒くそびえるストローブマツの羽毛のような葉を見た。学校からの帰りのバスに乗っていた時間はずいぶん長かった。いまは四時三十分くらいだろう。急がなくちゃ。もうすぐパパが帰ってくる。ジュールズは早足になり、シラカバの木立をすぎると左へ向かい、ストローブマツの大木の横を通った。木々《きぎ》のあいだを進んでいくと、川の水のにおいがしてきた。よく知っているにおいだけれど、いまは新しいにおいのように感じる。シルヴィがいなくなってから一度もホイッパーウィル川には近づいていなかった。いまも近づくつもりはない。川が岩間に流れこむのを、二度と見たくなかった。

水の音を右側に聞きながら、三日月型の池まで来た。ホイッパーウィル川から分かれてできた池で、いまは浅瀬《あさせ》になっているが、夏にはいつも干上《ひあ》がった。しかし春には雪どけ水や雨水をたくわえ、動物が水を飲みに来たり、渡《わた》り鳥《どり》が一日か二日、羽を休めに来たりするのにちょうどいい場所になる。春には、シルヴィとサムと三人でいつもここへ来て、草むらにしゃがんで森の動物になりきり、シカの親子や、キツネ、アライグマがこわがって逃《に》げないようにしたものだ。

ジュールズが浅瀬《あさせ》に近づいたとき、はっきりわかるエンジン音が聞こえてきた。四輪バギーだ。

ジュールズは木の枝のあいだからこっそりのぞいた。四輪バギーは池のそばに止まり、運転していた人がさっとおりた。

エルク。やっぱり。

ジュールズは声をかけようとしてやめた。森にいるエルクは、ジュールズの家によっていくエルクとはちがった。ひとりになるためにここへ来たのだと思わせる雰囲気《ふんいき》があった。

ジュールズは木のかげにかがんでかくれた。

エルクはシートのうしろからなにかを出した。細長い革《かわ》のケースで、片側にファスナーがついていて、そのファスナーをあけると……銃《じゅう》が入っていた。ジュールズがまばたきをするまもなく、エルクは銃《じゅう》を肩《かた》の高さにかまえて発射した。

バン、バン、バン。

音がジュールズの体にひびく。

バン、バン、バン。

心臓が大きな音をたてている。ムクドリの群れが枝のあいだからいっせいに飛びたち、ジュールズが思わずあげた声をかき消した。ジュールズはあわてて口をおさえた。エルクは弾《たま》を充塡《じゅうてん》し、また撃《う》った。ジュールズは耳をおさえたが、あまり変わらなかった。

バン、バン、バン。

地面が共鳴し、ブーツの底から振動《しんどう》が伝わってきた。リスが素早《すばや》く逃《に》げ、茶色と灰色の毛がかすんで見えた。煙《けむり》が鼻につく。ジュールズは頭で回数を数えていた。九発だ。

バン、バン、バン。

十、十一、十二。エルクはまた弾《たま》をこめて撃《う》った。今度はゆっくり。

バン。

バン。

バン。

ジュールズはしゃがんで、ひざにおでこをつけ、両手で耳をふさいだ。発砲《はっぽう》のたびに、空気がびりびりとふるえる。

バン、バン、バン、バン、バン。

そしてもう一回、最後に。バン。

二十一発が池の向こうへ撃《う》たれた。森は死んだように静まりかえった。エルクはそっと銃《じゅう》をおろして、石になったみたいにじっと立っていた。

ずいぶん時間がたってから、エルクは胸に手を当て、さけんだ。「ジーク、おまえにさげる」それから銃《じゅう》を頭の上で三、四回大きくふって、水へ投げこんだ。バシャン。沈《しず》んでいく銃《じゅう》を見ながら、エルクは敬礼をした。なんてきびきびとした敬礼、そして、なんて悲しい顔なんだろうとジュールズは思った。それからエルクはふりかえり、四輪バギーに乗ると、走りさった。

あたりには銃声《じゅうせい》の残響《ざんきょう》と、硫黄《いおう》のにおいがたちこめていた。

ジュールズははずかしくなった。秘密を見てしまったような気持ちになっていた。エルクとジーク、ふたりだけが持つべき秘密なのに。

ジュールズは立ちあがったが、すぐには歩けなかった。足がふるえるし、すこしめまいもする。太陽光がスポットライトのように水辺を照らしていた。ジュールズがその光がさす先を見に行くと、池のすぐ横に、落ち葉と枝にかくれるように大きな足跡《あしあと》があった。

ジュールズはつまさき立ちで近づいて、かがんだ。そしてそっと手をのばした。指先で足跡《あしあと》の輪郭《りんかく》にふれると、さっと手を引っこめた。

ピューマだよね。

ほかには考えられない。

サム！　サムの切なる願い！　その瞬間《しゅんかん》、博物館のガラスケースに入れられた大型のネコの姿が目の前にうかんだ。するどい牙《きば》と、大きな足。足には、えものの皮膚《ひふ》を引きさく長くて太いかぎ爪《づめ》。そう思ったとたん、ジュールズは身動きができなくなった。すぐうしろにピューマがいたらどうしよう。かぎ爪《づめ》をジュールズの体に食いこませようとかまえていたら？　逃《に》げなくちゃ。自分にいいきかせて、なんとか顔を上げた。

するとすぐそこ、ほんの数メートル先に、キツネがいた。

28

バーンという大きな銃声《じゅうせい》に、セナはふるえあがった。

布切れをくわえ、ジュールズのあとについて、三日月型の池まで来たところだった。セナのあとには、森で妹のにおいをかぎつけた兄さんキツネがついてきていた。兄さんは人間にあまり近づくのはいやだったが、セナを置いて帰るのはもっといやだった。背の高い男がライフルを撃《う》ち、ジュールズがかがんでそれを見つめているあいだ、二匹《ひき》のキツネはうしろの草むらで身をよせていた。ジュールズがじっと待ち、うしろでキツネたちも待ちつづけるうち、ようやく大きな音は地面にしみこんで消え、たくさんの鳥のさえずりが森にもどってきた。

セナはそろりそろりと道へ出た。兄さんキツネは心配そうにうしろでひかえて見守っている。セナは布切れをくわえたままじっとして、ジュールズが立ちあがるのを見ていた。ジュールズは肩《かた》にかかる明るい色の髪《かみ》をゆらして、池のそばまで行き、またかがんだ。セナと兄さんキツネが見ていると、ジュールズは身を乗りだして、ピューマの足跡《あしあと》を指でさわり、はっと息をのんだ。

からりと晴れた午後、草木のにおいを感じながら、セナは一歩、また一歩と前に出た。布切れをくわえて持っていく。

もう一歩。

ジュールズはまだ大きな足跡《あしあと》のそばにしゃがんでいた。

それからジュールズが立ちあがり、こちらを向いても、セナは動かなかった。体をまっすぐにして、耳をぴんと立て、ジュールズと目を合わせた。ふたり――キツネと少女――は見つめあったまま、まばたきもしなかった。

セナは頭を下げ、布切れを地面に置いた。そしてすぐに兄さんキツネが待っている丈《たけ》の高い草のなかへかくれた。体を低くして、草やぶの奥《おく》へさがる。ジュールズは土でよごれた青色のヘアバンドを見ると、動物みたいにとびついた。鼻につけ、においをかいだ。

セナだけなら、もうしばらくここにいただろう。でも兄さんキツネにしてみれば、もうじゅうぶん長く人間のそばにいた。兄さんは立って、前足でセナをつついた。ピューマのにおいが強くなっている。前よりずっと強くにおう。兄さんキツネは鼻先でセナをおした。そのおし方からも目つきからも、あわてているのがわかる。兄さんは鳴き声をあげ、とうとうセナの首まわりの毛を引っぱって連れかえった。

29

シルヴィのヘアバンド！　あのときつけていたヘアバンドだ。あのとき――ジュールズはあのときのことを思いだすのをやめて、ヘアバンドのことを考えた。キツネがヘアバンドをくれたの？　え？　キツネだよ？　そんなことってある？　そうだとして、キツネはどこでヘアバンドを見つけたの？　ママの黄色いキンポウゲの刺繍《ししゅう》がある青いヘアバンド。シルヴィが消えた日につけていたヘアバンド。

リズ・レディングのおそろしい言葉をまた思いだした。〝まだ死体は見つからないの？〟これが「見つかる」ということなんだろうか。奈落《ならく》の淵《ふち》に落ちたとき、これを頭につけていたんだから、シルヴィの一部が見つかったということになる。

ジュールズの頭は混乱していた。いま本当にそこに小さなキツネがいたよね？　そのキツネがジュールズの目の前にヘアバンドを置いてくれたよね？　どうしてあのキツネは人をこわがらなかったんだろう。いかれたキツネ？　ちがう。あのキツネはいかれてなんかいない。ジュールズに贈《おく》り物をするために来たのだ。いや、キツネは贈《おく》り物なんてしない。人間じゃないんだから。キツネは人間をこわがるものだ。人間をさけるものだ。こんな変な話はない。

でも、ヘアバンドは変じゃない。ヘアバンドは本物だから。シルヴィのヘアバンド。ママのヘアバンド。やっぱりシルヴィのヘアバンド。ううん、ふたりのヘアバンド。

ジュールズは指でヘアバンドをこすった。いまはよごれて灰色に見えるけれど、青色の名残《なごり》もある。シルヴィはヘアバンドをいつも大事にして、お湯ではなく水で、洗剤《せんざい》のかわりにココナッツシャンプーを使って手洗いをしていた。ジュールズは鼻につけてにおいをかいだ。土。森の土。それとホイッパーウィル川のにおい。それから、ほんのすこしシルヴィのココナッツシャンプーのにおいもした。土。雪。川。ココナッツ。そのにおいがまざってヘアバンドにしみついている。だけど、ジュールズにはわからないにおいもした。わからなくて、もう一回かいでみた。

キツネ。きっとキツネのにおいだ。あそこに立ってじっと見つめかえしてきた赤毛の小さなキツネ。あの目からも、立ち姿からも、おそれている様子はなく、ヘアバンドをわたそうと、ジュールズに気づいてもらうのを待っていたみたいだったけれど、わたしてしまうと姿を消した。

キツネは幸運をもたらすといわれている。でもジュールズはちっとも幸せだとは思えなかった。

シャツの下からルーペを出した。親指でキンポウゲの刺繍《ししゅう》をこすって泥《どろ》を落とし、黄色の糸が見えるようにした。それからLEDライトをつけて、よごれたキンポウゲを照らした。するとママがポーチの階段でたおれて動かなくなった日、瓶《びん》からこぼれたマスタードのような鮮《あざ》やかな黄色に見えた。その鮮《あざ》やかさは、シルヴィがあの日、とても速く走ってジュールズから離《はな》れていったとき、シルヴィの髪《かみ》のなかで目立っていた黄色とやはり同じだった。

30

ジュールズがヘアバンドを手首に巻いて立ちあがるのを、セナは木のかげから見ていた。ジュールズはしばらく面食らって、とまどっているみたいだった。でも、気をとりなおして、並木のほうへ歩きだした。セナはそのまま黄色い家までついていきたかったが、兄さんキツネがいっしょだったのでがまんした。兄さんはセナの首の毛を引っぱった。鼻先にとびかかり、耳にもかみついた。

セナは前足で抵抗《ていこう》した。〝危険よ、セナ。速く走らないとだめ〟という〈だれか〉の声がいまも耳に残っている。でも危険はもう過ぎたみたいだ。銃声《じゅうせい》はやんだ。クマは動いていない。なにより大事なのは、ジュールズに贈《おく》り物をわたしたこと。

セナは全身をふるわせ、のびをしてから、ぴょんととび、兄さんキツネのあとにつづいた。すてきな兄さん。セナは数メートルしか離《はな》れていないところに大きな黄褐色《おうかっしょく》のピューマがいるのをちらっと見たが、走って通りすぎた。ピューマは黄色い目をまばたかせて、前足にあごを乗せた。

31

サムが家へ帰ると、エルクがまた前の道で待っていた。ただきょうは、サムの腕《うで》をつかんでこういったのだ。「来い。見せたいものがある」エルクの声がちがって聞こえた。最近はずっとささやくようにしか話さなかったのに、いま急いでいった声ははっきり、生き生きしていた。子どものころから知っている、以前の兄さんだった。

サムは思わず笑顔《えがお》になった。兄さんが待っていること自体がめずらしかったし、こんな兄さんの様子はまるで予想していなかったので、サムはドアの前にバックパックを置くと、すぐあとについて森へ入っていった。太陽は木の枝からつり下がっているように見えた。木が、沈《しず》んでいく太陽のじゃまをして、春の日暮れをおくらせているみたいだった。もうすぐ暗くなるだろう。

「急げ、サミー」エルクがいった。このニックネームで呼ばれたのは、ずっと前、エルクとジークが森の探検にサムを連れていってくれたころ以来だった。

サムは足を早め、まもなく自分たちが三日月型の池のほうへ向かっているのだとわかった。そのあたりの川は流れがゆるく、ぬかるんでいる。動物たちが集まる場所なので、シルヴィとジュールズとよくここへ来て、葉っぱのかげから森の仲間が行き来するのを見つめたものだった。湿地《しっち》なので蚊《か》が多いが、サムは気にならなかった。兄さんとならんでずっと歩いていたかった。

「なんなの？」サムがきいた。

「見ればわかるさ」

エルクは速すぎず、おそすぎず、一定の速さで歩いた。軍隊ではこういう速さなんだろうか。サムはたずねてみたかったけれど、だまってついていく。片手をポケットの奥《おく》までつっこんだ。数分後、カーブしている川岸の上に着いた。

「見ろ」エルクは下のほうを指さした。

サムは見た。夕方の川面《かわも》は静かだった。水のなかまでは見えない。そこから見えるものといえば、常緑の木と、春になって新しい葉をつけた木、まわりにある背の高い木が川面《かわも》にゆらゆらと映っていることくらいだった。遠くの川辺には、南から来たばかりらしい数羽のガンがいる。でも、エルクがガンを見るためにここまで連れてくるとは思えなかった。

「なにを見ればいいの？」

「見たらすぐにわかる。探してみろ」

サムは目をこらした。足跡《あしあと》がある。シカの足跡《あしあと》。アライグマの足跡《あしあと》。それから……待って……待って待って待って待って！　まちがいない！

「わかった！」サムはぱっと立ちあがり、一気に水辺までかけおりた。ずっと待っていたピューマがこの森に帰ってきたんだ！

エルクも岩棚《いわだな》からとびおり、サムの横に来た。サムは兄さんの背中にとびついて、ふたりで地面にたおれこんだ。サムは笑いながら、信じられないというように首をふった。エルクもほほえみかえした。

「願い石が効いたみたいだな」エルクがいった。

「早く教えたいよ。ジュールズとシル――」サムははっとした。「ジュールズに。そういうつもりだった」いいまちがえたせいで、幸せの小さなかけらがこぼれ落ちた。でも、全部なくなったわけではない。サムは高い木を見あげた。ジュールズは喜んでくれるかな。ピューマが森に帰ってきた証拠《しょうこ》が見つかったのはいいことだよね？

しかし、ジュールズがこの前サムにすごく怒《おこ》っていたことを思いだした。無理もない。たしかに不公平だから。サムはふたつも願いがかなったのに、ジュールズは……ジュールズは……。するとエルクがサムの頭をそっとなでていった。

「いいんだよ。わかってる」

エルクはわかっているのだとサムは思った。もちろんそうだろう。ジュールズとサムがシルヴィを失ったように、エルクはジークを失ったのだ。

「じつはさ、ときどきジークがまだここにいるんじゃないかと思うんだ。ジークがおれを見ているみたいな気がするんだよ。だとしたら、シルヴィだってここにいないとはいいきれないだろう？」

サムは地面から体を起こした。エルクのいうとおりだ。いいきれないよね？　ふたりは服についた土をはらって、ひざをつき、大きな足跡《あしあと》をじっと見た。エルクが手をかざすと、足跡《あしあと》はひろげた手とほぼ同じ大きさだった。

「ハーレスのおばあさんから特別な動物の話を聞いたことがある。魂《スピリット》・の動物《アニマル》といって、ほかの何者かを助けるためにこの世に生まれてくる動物なんだそうだ」

「助けるって、どうやって？」

「知らない。おばあさんも知らないんだって。おれたち人間には到底《とうてい》わからないことで、ただそのスピリット・アニマルだけにわかることらしいよ。おばあさんは『人知がおよばない』といっていた」

エルクが場所をかわり、今度はサムがピューマの足跡《あしあと》に手を入れた。いつのまにかサムの手もエルクの手と同じくらい大きくなっていた。ピューマ！　まだ信じられない。ぼくたちがいるこの場所に、ピューマがいたんだ。ふたつ目の切なる願いもかなった。まずエルクが帰ってきた。そして今度はピューマが森にもどってきた。すごいな、願い石。

「ジークにも切なる願いがあったの？」サムがきいた。

「あったよ。ひとつ」

「なに？」

「この森に帰ってくることだ」

32

家へもどったジュールズは、ハーレスのおばあさんがまだソファで寝《ね》ているのを見てほっとした。罪の意識で心がちりっと痛んだ。ジュールズが目に見えない線をこえるのを見たら、おばあさんはパパに電話をしていたはずで、そしたらパパはもう帰ってきていただろう。

ジュールズはシンクの上の時計を見た。もうすぐ五時三十分。そろそろパパが帰ってくる。ジュールズが急いで部屋へ行き、ヘアバンドを自分の枕《まくら》の下へ入れると、ちょうど家の前でピックアップトラックの音がした。パパはハーレスのおばあさんを家まで送っていき――おばあさんは西日をさえぎるのにずっと手で目をおおっていた――それからジュールズの部屋へ来た。

「ジュールズにおみやげだ。どっちの手か当ててごらん」パパは両手をうしろにかくしていた。ジュールズとシルヴィが小さいとき、パパがよくやった遊びだ。かくす物はいろいろだけど、右手から左手、左手から右手へとこっそり移動させる。ジュールズが答えると、パパはにぎった片手を前に出した。ジュールズは指でこじあけた。パパのてのひらには光沢《こうたく》のある蛇紋石《じゃもんせき》がのっていた。濃《こ》い緑色の表面に、レースのような白い線の模様がついている。

「きれい。どこで見つけたの」

「信じられないだろうけど、建設現場なんだ。見たとたん、我《わ》が家《や》の石ガールを思いだした。石みたいに強い、パパの石ガール」

ジュールズは蛇紋石《じゃもんせき》をにぎった。パパの手のぬくもりがまだ残っていた。いい願い石になりそうだけど、クローゼットのなかの縞模様《しま》の靴下《くつした》には絶対入れない。これは入れないんだ。

願い石。

パパは切なるお願いをしたことがあるのかな。そう考えていたせいで、ジュールズはおかしな表情になっていたのだろう。パパが問いかけるように首をかしげた。ジュールズははっきりきいてみることにした。

「パパは〝燃えるように熱い〟切なるお願いをしたことってある？」

パパはほほえんだ。「あるよ。じつは二回ある。ママに恋《こい》をしたとき、パパのことも愛してほしいと強く願った。それからママと結婚《けっこん》して、子どもがほしいと、これまた心から願った」

「でも……ママもシルヴィもいなくなっちゃったね」

パパは首をふった。「いいんだよ、ジュールズ。大事なのは、切なる願いごとを二回して、二回ともかなったことだ」

パパはジュールズが蛇紋石《じゃもんせき》をにぎっている手を両手で包んだ。「パパはめぐまれている。幸せ者だよ」

その声はおだやかで、本心からいっているようなひびきがあった。ジュールズはあとでもっとよく考えてみようと思った。それより先に、新しい蛇紋石《じゃもんせき》の定位置を決めなくてはいけない。窓の下枠《したわく》の上かな。シルヴィのヘアバンドをかくしている枕《まくら》の下はだめだ。パパにヘアバンドのことを話す心の準備がまだできていなかった。だいたい、なんていえばいいのだろう。どこで見つけたのかって絶対きかれる。ジュールズが考えながら蛇紋石《じゃもんせき》をお手玉のように投げあげていると、パパは夕食の用意をしにキッチンへ行った。

蛇紋石《じゃもんせき》を窓の下枠《したわく》に置いてみたけれど、しっくりこなかった。本棚《ほんだな》の上もちがう。クリスマスプレゼントの箱のなかでほかの石とごちゃまぜにするのもいやだ。

左手をひらいて、そのまんなかに蛇紋石《じゃもんせき》をのせた。重さを感じる。ずしり。指を曲げて石を包んだ。ずっとさわっていたので、あたたかい。それに古い。とても古い石だ。ジュールズの石はどれも大昔から存在するのだとわかっていた。もしかしたら、地球が生まれたときから存在する石もあるかもしれない。アベナキ族やノース人が移住してくるより前から、マストドンやマンモス、ホラアナライオンの時代より前から石はあった。どれよりも古くから。

ホラアナライオン。

ホラアナから、また石の洞窟《どうくつ》に思いをめぐらせる。ハーレスのおばあさんは、何百年ものあいだ、人々《ひとびと》は死んだ人をたたえるために石をその洞窟《どうくつ》へ運んだのだと、それが追悼《ついとう》だったのだといってなかっただろうか。エルクは銃《じゅう》を二十一発撃《う》っていた。あれはエルクなりのやり方でジークをたたえていたのだ。

絶対、石の洞窟《どうくつ》を見つけなくちゃ。エルクが二十一回の発砲《はっぽう》と敬礼でジークをたたえたみたいに、わたしは石の洞窟《どうくつ》を見つけて、ふさわしい石を置くことで、シルヴィをたたえたい。

〝わたしにまかせてよ、お姉ちゃん〟

もう一度、目に見えない線をこえなければいけない。あと一度だけ、明日や明後日というわけにいかないだろう。絶好のチャンスが来るのを待つ。毎日ハーレスのおばあさんが偏頭痛《へんずつう》になるようにとは願わないけれど、ねむくなって昼寝《ひるね》をしたくなるようにとちょっと願った。それくらいなら悪い人にはならないよね？

それと、ルールをやぶるのはひとつだけだ。家から呼ぶ声が聞こえないほど遠くへは行かないし、奈落《ならく》の淵《ふち》には近づかない。やぶるのは目に見えない線のルールだけにする。

もうひとつ。石の洞窟《どうくつ》を見つけたら、ふたごの瑪瑙《めのう》をエルクに返すつもり。すごく気に入っている石だけど、返せばエルクもジークをたたえられる。ジュールズは蛇紋石《じゃもんせき》を慎重《しんちょう》に手にとり、ベッドの横のテーブルに置いた。

サムの願いはかなった。パパの願いもかなった。もっと速く走れるようにというシルヴィの願いだって、とっくにかなっていたといえるだろう。ジュールズの願いもきっと。

33

〝危険よ、セナ〟――〈だれか〉のメッセージを聞いたあと、セナは用心していた。ヘアバンドを見つけた日から、何日も、何週も、古い洞窟《どうくつ》にたびたび足を運んだ。地面のにおいをかぎ、かたい壁《かべ》を爪《つめ》で引っかいてみたけれど、〈だれか〉は現れなかった。クーンクーンとキツネの鳴き声で〈だれか〉を呼んだ。どこにいるの？　どうして出てきてくれないの？

緑色と灰色の光の筋がセナのまわりで動いた。〝走って、セナ。もっと速く走って〟セナは走った。森を走っているうちに、じょうぶな脚《あし》はよりたくましく、強くなった。ピューマを探すと、ピューマはいつも、つながっている人間、エルクのあとを追っていた。バカな子グマのにおいもかいだ。クマはまだ巣にもどらず、つぎつぎゴミ箱をあさったり、農場をおそったりして、人間の食べ物をぬすんでいた。

セナは〈もどりどころ〉のほとりを走った。松林を走りぬけた。そして毎日、あの空き地まで走り、空き地のすみで太陽が沈《しず》みはじめるのを待った。そのころにジュールズを見かけることがよくあるからだ。

もしかしたら、ジュールズをあの洞窟《どうくつ》へ連れていければ、また〈だれか〉と会えるのかもしれない。もしかしたら、ジュールズがかぎなのかも。もしかしたら。

セナは毎日午後になると、古い木の橋の下で待った。何台もの車やトラックが分厚い木の板をゆらしていくけれど、セナはスクールバスのため息やうなり声みたいな音が聞こえてくるまでじっとかくれていた。その音がすると、砂利《じゃり》の川原から走りだして、丈《たけ》の高い草のなかで、バスがブロロロと通りすぎるのを見つめた。ジュールズはいつもいちばんうしろの窓から外をながめている。あたしが見えてる？　ジュールズはこちらを向いているときも、向いていないときもあった。

こちらを向いているときには、窓の向こうのジュールズの目はセナをまっすぐ見てかがやいた。ジュールズはバスからおりると、いつも〈消えどころ〉へつづく道のほうへ歩きだした。そして手前で足を止めた。セナがいることに気づくときも、気づかないときもあった。かくれんぼをしているみたい。

でも本当は遊んでなんかいなかった。セナはジュールズにいっしょに来て、〈だれか〉を探すのを手伝ってほしかった。毎日、ジュールズは家を出て、森へつづく道のほうへ歩きだし、毎日、ぴたりと立ちどまった。

兄さんキツネがついてくるときもあったが、兄さんは人間に近づくのをいやがっていた。『キツネの性質にそむいている』と兄さんはいった。そのとおりだけれど、セナはキツネであると同時にケネンでもあり、それは兄さんには理解できないことだった。だからセナはひとりで来ることのほうが多くなり、かくれんぼしながら、ジュールズが森への道へ出るのを待った。でも、毎日待っているのに、ジュールズはその道の手前までしか来ない。

変化のない毎日。

そんなある日、セナはジュールズといつものTシャツのにおいのほかに、別のにおいをかぎとった。

クマのにおい。

それと人間。クマを追っている人間のにおい。

危険よ、セナ。速く走って。

〝危険よ、セナ〟の声にセナの心臓の鼓動《こどう》が速まったとき、ジュールズが歩いてきたのだ。

セナにかぶさるような近くまで。

34

「こんにちは、キツネさん。わたしを待ってるの？」

野生動物に話しかけるなんて、おかしいのかもしれないけれど、そうしないではいられなかった。このキツネには何度も出くわしていた。シルヴィのヘアバンドを届けてくれたキツネだ。このキツネを見るたびに大きな幸運のしるしだと感じていたけれど、とくにいま会えてよかった。ジュールズは勝負に出ようとしていた。ハーレスのおばあさんはリビングルームで本を読んでいる。もう何日もずっとジュールズはがまん強くチャンスが来るのを待ってきた。待って、待って、待って、とうとうこれ以上待てなくなった。

人間って、ひとつのことをあまりにも思いつめると、頭が破裂《はれつ》しちゃうんじゃなかった？　どこかで読んだのだったかな。いまジュールズは石の洞窟《どうくつ》を見つけることしか考えられなかった。そのために、ハーレスのおばあさんがソファにすわって本のページをめくる音をじっと聞いていた。百まで数えるあいだに、おばあさんは本を置くだろうか、それとも読みつづけるだろうか。ちょうど百のとき、おばあさんはまだ読んでいた。きっとおもしろい本なのだろう。ジュールズはふたごの瑪瑙《めのう》と、パパにもらった緑色の蛇紋石《じゃもんせき》、それとママのヘアバンドをつかんで、家を出た。

ジュールズは目に見えない線をとびこえた。急がなくちゃ。パパがすぐに帰ってくる。そのとき、幸運のしるしを見た！　目の前に、まるでジュールズを待っていたみたいにキツネがいた。ジュールズは大切な時間をさいて背をかがめ、キツネがこわがって逃《に》げないように、やさしく話しかけた。

「こんにちは、キツネさん」キツネはすわって耳をぴんと立て、待っていた。ジュールズは動かなかった。〝野生動物に手を出してはいけない〟――これもパパ憲法だった。でもパパはキツネが幸運のしるしだともいっていた。そっちも大事だよね。ジュールズはひざをつき、手を出した。キツネはじっとすわったままだ。明るい目でじっとジュールズの目を見ている。

太陽が松林のあいだからななめにさし、キツネの毛を照らした。キツネはジュールズを見あげてからうしろを向くと、道を足早に歩きだし、また止まってふりかえりジュールズを見た。わたしについてきてほしいの？

はじめ、キツネはジュールズが楽についていけるくらいの小走りだったが、そのうちにペースを上げて走りだした。ジュールズはキツネをこわがらせてしまったのかもしれないと思い、速度を落としてキツネとの距離《きょり》をとろうとした。するとキツネは止まって待ち、ジュールズが追いつくと、またスピードを上げるのだった。

こんなことを思うなんてどうかしているけれど、小さなキツネはジュールズをどこかへ、なにかのところへ連れていきたがっているみたいだった。ジュールズはついていった。キツネが先を行き、一メートルほどうしろをジュールズがつづいて、奈落《ならく》の淵《ふち》で消えた川がまた地上へわきだす場所のほうへ進んでいく。キツネは大きなストローブマツの向こうの下草にもぐりこみ、見えなくなった。

どこへ行ったの？

ジュールズはこれまでこの場所で道からはずれて森のなかへ足をふみいれたことはな

かった。ストローブマツの巨木《きょぼく》があってよく見えないが、背の高い苔《こけ》むした石があるみたいだ。ヴァーモントには石と樹木がごまんとある。雪片もそうだが、石もふたつと同じに見えるものはなく、エルクにわたされたふたごの瑪瑙《めのう》だけが特別だった。しかしストローブマツのかげには、ほぼ同じ大きさの石が一列にならんでつみあがっていた。

キツネはどこ？　ジュールズは首をのばして四方をぐるりと見まわした。見うしなってしまった。ジュールズは一歩下がって、きちんとつみあがっている石に目をこらした。すると、枝や葉のカーテンごしに、小さな石の入り口がかくれているのが見えた。家のシャワールームのドアくらいのせまい入り口だ。

ジュールズはふるえだした。

何年探したことだろう。シルヴィとサムといっしょに森のなかをずっと探してまわった。この場所だって何十回も通ったのに、大きな松の木でかくれていたせいで気づかなかった。この松の木の横も数えきれないほど通った。それなのにいま、こんな夕暮れに、ジュールズは自分が目にしているものがなんなのか、はっきりわかった。石の洞窟《どうくつ》が目の前にある。

なかにクマやピューマがいるかもしれないなんて考えるより先に、ジュールズは枝や葉のカーテンをくぐって洞窟《どうくつ》に入っていた。

すこしすると、暗さに目が慣れてきた。洞窟《どうくつ》は奥行《おくゆ》きも高さもあまりなく、ジュールズの頭から天井《てんじょう》までは十センチもない。入り口からわずかに夕日がさしこみ、壁《かべ》に当たっていた。その光はLEDライトの細い光線に似ていたが、ライトのように真っ白な光ではなく、赤や黄色、オレンジにかがやいて見えた。

空気はかびくさく、かれ葉や土のにおい……それとなにか、なつかしいにおいがした。ココナッツのにおい？　ジュールズはせまい場所でくるくると回った。気のせいじゃない。サムがシルヴィにココナッツの香《かお》りがするクリスマスキャンドルをプレゼントしたことがあった。あれだ。いまにおっているのは、あの香《かお》り。ココナッツのキャンドル。うしろで光がちらついた。土の壁《かべ》にくぼみが掘《ほ》られ、そこを棚《たな》のようにして、石がならべてあった。

ちょうど目線よりすこし上の高さの棚《たな》にキャンドルがあり、その横に……うそ……まさか……ジュールズはルーペを出してLEDライトをつけた。そうだよ！　フラミンゴの絵の、飲み口が欠けたマグカップがあった。ママのマグカップ。このマグカップがなくなったのは、パパがキッチンの出窓にあるのを見たら悲しくなるから、どこかへしまったのかもしれないと、シルヴィはいっていた。

シルヴィはいつも走って、走って、ジュールズに追いつけないくらい速く走って、きっとここへ来ていたんだ！　石の洞窟《どうくつ》の場所をずっと前から知っていたのに秘密にしていたってことだよね。それにマグカップのこともうそをついていた。ココナッツキャンドルといっしょにマグカップもシルヴィが持ってきたんだ。

ジュールズはかっと腹がたって、顔に火がついたみたいになった。でもすぐにおさまった。ちょうどそのとき、キツネがかまってほしいときのネコみたいに、足もとにすりよってきたから。頭のすみで、これはパパ憲法違反《いはん》だとわかっていた。野生動物にさわってはいけない。でもこの洞窟《どうくつ》のなかで、キツネは野生動物に思えなかった。キツネでさえないような気がした。だったら、なに？　ジュールズにはわからなかった。すこしかがんで、キツネの赤くてかたい毛をなでた。キツネは逃《に》げようともしなかった。

「連れてきてくれてありがとう」ジュールズは小声でいった。キツネはすわって、しっぽで前足をくるんだ。

ジュールズは石の壁《かべ》に近づいた。ほとんどの石にクモの巣が張り、土ぼこりがかかっている。ルーペのライトをつけても暗くて、なんの石なのかよくわからなかった。わかるものもすこしあった。苦灰石《くかいせき》とカオリナイト、白雲母《しろうんも》、滑石《かっせき》だ。ライトをあてると光沢《こうたく》が出る種類の石。ジュールズが持っているなかでも大切にしている種類の石だった。

フラミンゴのマグカップとキャンドルを置いた棚《たな》は、ほかにくらべてきれいだった。ジュールズが家の棚《たな》や窓の下枠《したわく》にならべるのと同じように石をならべてある。ジュールズならこうするだろうと思う配置だ。

でも、ほかの棚《たな》はほこりやクモの巣がひどかった。どの石もずいぶん長いあいだここに置かれたままなのだろう。ジュールズはひとつの石にさわろうとして、手を引っこめた。ここにある石は、きっと遠い昔、ジュールズの知らないだれか、これからも知ることのないだれかが大切な人をたたえるために置いたのだ。ジークのようなだれかのために。ママのようなだれかのために。そう思って、ジュールズはどきんとした。シルヴィがマグカップを持ってきたのはそのためだ！　ママをたたえるためなんだね！

ジュールズはポケットからパパがくれた蛇紋石《じゃもんせき》を出した。手にずしりと重みを感じると、思い出がつぎつぎおしよせてきた。シルヴィの思い出。毛布の上で人さし指をヘビみたいに動かすシルヴィ。雪だるまファミリーをつくるシルヴィ。ママのことを教えてくれるシルヴィ。ママはリコリス（甘草のエキス入り菓子）の黒いのは大好きだったけど、赤いのはダメだったとか、うたうのが大好きだったけど、音痴《おんち》だったとか。ビー玉はじきでは負け知らずだったとか。

シルヴィがこの場所のことをだまっていた理由がわかった。自分だけの場所が必要だったんだね。ジュールズのために、シルヴィはママの記憶《きおく》が消えないようにがんばって教えてくれた。でもここに来れば、だれにも知られないこの場所でなら、がんばらなくてもよかったんだ。自分が持っている記憶《きおく》をひとりで抱《だ》きしめていられた。ここではジュールズにだってなにも教えなくてよかった。

ジュールズがすべてを受けとめるあいだ、キツネはすわったまま静かに待った。ジュールズは石の名前を声に出す。「花崗岩《かこうがん》、石灰石《せっかいせき》、大理石」……こんな名前、シルヴィはきっと知らなかった。たくさんのことを知っているお姉ちゃんだけど、知らないこともあった。石にくわしいのはジュールズだった。ジュールズはなんの石か見わけられるし、ヴァーモントでも、ニューハンプシャーでも、ほかのどこでも、石を見つけられる場所を知っていた。だから、願い石を調達するのはいつもジュールズだった。

そして、たくさんの石にかこまれて置いてあるフラミンゴのマグカップ。ジュールズは蛇紋石《じゃもんせき》をポケットにもどし、これまでないほど慎重《しんちょう》にマグカップを持ちあげた。ママのマグ。

あれ？　なにか入ってる。

ジュールズはふってみた。石だ。もちろん。ほかにもなにかがマグカップからつきでていた。油性ペンだった。ジュールズははっと気がついた。シルヴィはここへ来て願い石に願いごとを書いていたのだ。シルヴィの切なる願いはいつも同じだった。〝もっと速く走れますように〟そして、こうつづく。〝どうしてかっていうと……〟

足もとを見ると、キツネはほこりっぽい地面でまだじっとしていた。

「どうしてかっていうと、なんなの？」

ジュールズはため息をついた。ペンをぬきとり、マグカップをかたむけて、石灰石《せっかいせき》を手に受けた。願い石にぴったりの石だ。五十セント硬貨《こうか》（直径三センチ）よりすこし大きく、片側がほぼ平らで、字を書きやすそう。

でも、すでになにか書いてあった。ジュールズはＬＥＤライトで照らした。〝もっと速く走れますように〞やっぱりね。シルヴィの願いはこれひとつきりだもの。シルヴィはもうこの世にいないのに、シルヴィの字で書かれた願いごとを見ると、ふしぎな、そしてつらい気持ちになった。

「ひどいよ」ジュールズはキツネにいった。前にサムにも同じことをいってしまった。いまはあのときのような怒《いか》りはもうない。ただ悲しかった。それにシルヴィがこの秘密をだれにも知られずにいたことがおどろきでもあった。ジュールズはお姉ちゃんの願いごとを見るのはやめようと思って、石を裏返した。ところが裏にも字が書いてあった。

〝ジュールズを守るため〞

35

ジュールズは字を見つめていた。「わたしを守るため？　どういうこと？」

石をまた引っくりかえし、またもどす。〝もっと速く走れますように。ジュールズを守るため〟

フラミンゴのマグカップがあった棚《たな》に置かれた石には全部、字が書いてあることに気がついた。花崗岩《かこうがん》をひとつ手にとる。上になっていた面にはいつもの願いごとだ。〝もっと速く走れますように〟じゃあ、裏は？

〝パパを守るため〟

ジュールズはそのあと、三個目、四個目、五個目、六個目の石をとって裏返した。全部、同じだった。上の面には〝もっと速く走れますように〟、裏返すと〝パパを守るため〟

か〝ジュールズを守るため〟棚《たな》にある石をつぎつぎ引っくりかえした。二十個か三十個か、とちゅうで数えるのをやめた。全部同じだった。

ジュールズはすとんとひざをついた。キツネは一ミリも動いていなかった。静かにすわったままで、ジュールズがなにかいうのを、なにかするのを待っているみたいだった。

「わたしとパパを守るって、どういうこと？」ジュールズは声に出していた。キツネが答えを知っているとでもいうように。「それにどうやって？　もっと速く走って、守るの？　意味、わかんないよ」

でも、ひとつの記憶《きおく》がよみがえってきた。ずいぶん前、ママが死んでまもないころ、朝、パパがわたしとシルヴィにココアをいれてくれた。持ち手が両側についているピーターラビットのカップだ。ふたりともまだパジャマのままで、パパは朝食をつくっていた。ところがシルヴィは機嫌《きげん》が悪かった。パパのところへつかつかと行き、胸の前で腕《うで》を組むと、両足をつっぱった。

「マグにして」シルヴィはママのフラミンゴのマグカップでココアを飲みたかったのだ。

パパは反対した。「あれはシルヴィには重すぎる」からと。でもシルヴィはどうしてもといいはった。ジュールズはそのあとのことも思いだした。パパはため息をついて、結局、マグカップにいれなおし、シルヴィの前に出した。「気をつけるんだぞ。ママのお気に入りのマグだからな」それが本当なのはジュールズも知っている。キッチンの出窓のそばでこのマグカップを持って立っているママが見えるようだ。

シルヴィはマグカップを持って口へ近づけようとしたのだけれど、すぐに手がすべって、床《ゆか》に落としてしまった。こぼれたココアがテーブルの下のラグにしみこみ、ココアにうかべてあった小さなマシュマロがでこぼこした編み目にこぼれた。

シルヴィはおびえた顔になって、わっと泣きだし、パパは何度も「シルヴィ、いいんだよ。マグが大きすぎたからさ」とくりかえした。パパがマグカップをテーブルに置くと、飲み口が欠けていることに、三人とも気がついた。シルヴィはマグカップをどけて、テーブルに両腕《りょううで》を乗せ、そこにつっぷした。

「いいんだよ、シルヴィ。いいんだ」パパは何度もいった。でもシルヴィはよくなかった。ジュールズはだまっていた。ただ椅子《いす》にすわって、ココアがラグにしみていき、シルヴィが激しく泣くのを見つめていた。

パパはぬれたラグをまたいで、シルヴィを椅子《いす》から抱《だ》きあげた。シルヴィは涙《なみだ》と鼻水でぐちゃぐちゃの顔で同じ言葉ばかりくりかえした。「パパ、あたし、がんばって速く走った」

「そのとおりだね、シルヴィ。とても速く走ったよ。だれもあんなに速くは走れなかった」

ジュールズはお姉ちゃんにつられていっしょに泣いてしまい、手で涙《なみだ》をごしごしふいてばかりいた。

そしてシルヴィはこういったのだ。「つぎはもっと速く走るから」

いま石の洞窟《どうくつ》で、ジュールズはだれかに石用のハンマーでおなかをなぐられたみたいに、体をふたつ折りにしてしゃがみこんでいた。

〝つぎはもっと速く走るから〟

「そうだったんだね、シルヴィ」ようやく切なる願いの理由がわかった。

ママが急にたおれて、マスタードの瓶《びん》が割れた。あのときからずっと、シルヴィは速く走った。〝ジェット気流みたいに速く。アカエイみたいに速く。流星のように速く〟ホブストン・スクールの女子でいちばん足が速かった。あまりに速くて、スピードを落としたいときには、ポーチの手すりとか木の枝とか、なにかにつかまらないといけなかった。

ジュールズにつかまって、ようやく止まるときもあった。でもあの雪がふった朝、川沿《かわぞ》いの道はこおり、奈落《ならく》の淵《ふち》の手前でスピードを落とすためにつかめるものはなにもなかった。ポーチの手すりも、木の枝もなく、ジュールズもいない。

そしてママもいなかった。

ジュールズはフラミンゴのマグカップをしっかり持って立ちあがった。

「また同じようになるのがいやだったんだ」かすれた声でゆっくりキツネに話しかける。

「そんなことになった場合のために、準備をしておこうとしたんだね」

シルヴィのたったひとつの切なる願いは、ジュールズとパパを守るためのものだった。シルヴィはママが死んだのは自分のせいだと思っていたのだ。マスタードの瓶《びん》が割れた、あのつらい日からずっと、もっと速く走っていれば、ママはいまも生きていたかもしれないと思いこんでいた。でも今度はシルヴィが死んでしまった。走るのが速すぎたせいで。

ジュールズはポケットから蛇紋石《じゃもんせき》を出した。シルヴィをたたえるために持ってきた石。いま手の上で燃えるように熱い蛇紋石《じゃもんせき》を奈落《ならく》の淵《ふち》へ投げいれれば、川底から流星のようにかがやきを放つだろう。それには最後にもうひとつだけ、パパ憲法をやぶらなければいけない。本当にこれが最後。この石を奈落《ならく》の淵《ふち》へ投げに行く。シルヴィのために。

それは、わたしのためでもある。

いまになって、ジュールズには新しく〃燃えるように熱い〃切なる願いができたのだ。油性ペンでその願いを蛇紋石《じゃもんせき》に書いた。

〃どんなに愛しているか、シルヴィにわかってもらえますように〃

どうやって伝えられるのか、わからなかった。でも、シルヴィがどこかにいるなら、それがどこだとしても、メッセージを伝える方法はこの石の洞窟《どうくつ》で願い石に願いをこめ、奈《な》落《らく》の淵《ふち》へ投げいれる以外にないような気がする。フラミンゴのマグカップとペンをもとの棚《たな》にもどした。この洞窟《どうくつ》でこれまでずっとぶじに置いてあったのだから、これからもきっとだいじょうぶだ。

もしかしたら、ここはお姉ちゃんが妹のために残してくれたのかもしれない。ママを思いだす場所。お姉ちゃんを思う場所。ジュールズは新しいお願いを書いた願い石をポケットに入れ、洞窟《どうくつ》から出た。赤い小さなキツネもいっしょだった。

36

なにかが起きるとセナにはわかった。でも、それがなにかはわからなかった。ジュールズは川へ、それも〈消えどころ〉へ向かっている。

絶対だめ、と母さんキツネにいわれていた。絶対に〈消えどころ〉へ行ってはだめ、と。

それなのに、ジュールズはたしかにそっちへ向かっている。ついていって、セナがジュールズを止めなければいけない。石の洞窟《どうくつ》へジュールズを案内したのは、そこへ行けば〈だれか〉が自分たちをむかえてくれると思ったからだ。でも、赤茶色の髪《かみ》をした女の人は現れなかった。

ジュールズはだんだん早足になってきた。セナはおくれないように急いだ。

〝危険よ。もっと速く走って、ちっちゃなセナ〟

そうだ。あの女の人はそういった。その言葉が耳のなかでいっぱいになる。それがあふれて体に流れこみ、セナをかりたてた。

〝もっと速く。もっと速く走れ〟

そのとき、遠くで、パーン！　暗がりにライフルの発砲音《はっぽうおん》がひびいた。

37

セナほどするどい聴力《ちょうりょく》があれば、ジュールズも銃声《じゅうせい》に気づいたはずだが、そうはいかなかった。ジュールズの耳には、自分の走る足音とだんだん大きくなる川の流れの音だけが聞こえていた。ポケットに願い石を入れ、手首にはママのヘアバンドを巻いている。石の洞窟《どうくつ》にどれくらいの時間いたのかわからなかった。いまごろもうパパは家に着いて、ジュールズを探しているに決まっている。そしてすぐに、ジュールズが目に見えない線をこえたことに気づくだろう。

パパはきっとこれまで見たことないほど怒《おこ》っている。それに、こわがってもいるんじゃないかな。ジュールズもこわかった。走りながら、〝もう二度とパパ憲法をやぶりません〟と誓《ちか》った。太陽は雲にかくれ、森は灰色の暗い影《かげ》に包まれた。なにか新しい音が聞こえたような気がする。足音。左側で足音がしなかった？

左右を見て、キツネを探したけれど、見あたらなかった。消えた。もしかしたら、本物のキツネではなかったのかもしれない。もしかしたら、ジュールズの想像だったのかも。ちょっと足を止めて、キツネがいないかと見まわす。いない。でもやっぱり足音が聞こえる？

そうか、クマかもしれない。いまも川向こうのアーチャー羊牧場あたりをうろついて、この地域一帯で厄介者《やっかいもの》になっている。

それともピューマかもしれない。この森にピューマがいたのだとわかっても、なぜだかそんなにこわくなかった。もしかしたら、ピューマも本物ではなかったりする？　でも足《あし》跡《あと》を見たよね？

森はだんだん暗くなってきた。ジュールズは五感をとぎすませた。深呼吸をすると、しめったキノコのにおいが鼻をついた。もう一回深呼吸をすると、サトウカエデのあまい香《かお》りもした。

目がよくきくようになってきた。さしこむ太陽の光が地面にパズルのピースのような変わった形をつくっていたが、日暮れとともにだんだん小さくなり、すぐにも消えそうだった。ポケットに手を入れ、指先でなめらかな蛇紋石《じゃもんせき》をなでる。これを最後の石にする。この先、二度と奈落《ならく》の淵《ふち》へは行かない。

耳をすましたけれど、急いでいる自分の足音が聞こえるだけだった。それと、川の音。ほかにはなにも聞こえない……と思ったら、音がした。最初は木の葉がカサカサいう音だった。耳をかたむけると、音はやんだ。ジュールズは足を早め、耳に神経を集中しながら走っていた。ぐずぐずしていると、あっというまに日が落ちてしまう。いま、足を止めるわけにはいかない。

急いで。自分にいう。急いで。

ジュールズは走った。弱々《よわよわ》しい日の光が道にさしこみ、道ばたの古い石をやさしく照らしている。シルヴィの道。森のなかにシルヴィが走らなかった道はない。ジュールズはシルヴィが通った道を走っていた。速く。シルヴィはとても速かった。そのとき突然《とつぜん》、シルヴィがそばにいるような気がした。木のあいだ、地面につもった松葉のなか、暗くなっていく空気のなか、あらゆるところに。ホイッパーウィル川の音が大きくなった。川の姿が見えるより先に音が聞こえ、とうとう着いた。川辺に立ち、銀色に光る水が岩の空洞《くうどう》に流れおちていくのを見つめた。しばらくじっと立っていると、森でいろいろな音がしていることに気がついた。

激しい水の音。
風のささやき。
大きな動物が草むらを走る音。
クマ？　ピューマ？　人間？
声？
サムが呼んでいる声。「ジュールズ！　どこにいるんだ」
サムのそばにはエルク。エルクの足音は重く、大きい。
ハーレスのおばあさんは泣いている。「ジュールズ！」
「ジュールズ。ジュールズ。ジュールズ」パパの声。
そしてキツネ。キツネの甲高《かんだか》い鳴き声がひびきわたる。

38

パーン！

走れ！　走れ！　走れ！

銃声《じゅうせい》を聞くと、セナはジュールズの先に立って全速力でかけだし、クマを目指して森のなかをつっぱしった。クマがこちらに近づいてくるにおいがする。クマは痛みのせいで正気ではなかった。耳だ。耳の先を弾《たま》がかすめ、燃えるように痛い。前足で引っかき、傷をよけいに悪くした。ふらつき、うめき声をあげながら、川へ行く道を探している。水がほしい。冷たい水で痛みをやわらげたい。

クマはいまやすごい速さで移動していた。ジュールズに近づかないようにクマの気をそらせるのはもう間に合わない。セナはさっと方向を変え、〈消えどころ〉へつづく道にもどった。道の目印である大きなカエデの木にぶつかりそうになり、細い体をかわした。

絶対にだめ。キツネの言葉で母さんがいった。

もっと速く走って。ケネンの言葉で〈だれか〉はいった。

セナのうしろにある草地から、キツネの鳴き声がひびいた。

兄さんキツネが注意する声だ。『クマだ、セナ』セナは走りながら家族のにおいをかいだ。母さん、父さん、弟が立ちあがり、巣穴から出てきている。母さんは母親キツネの鳴き声で、娘《むすめ》に向かって警告をはじめる。わたしのところへ帰ってきて、巣穴へ帰ってきて。うちへ帰って。

でもセナは走りつづけた。これがいまセナがしなければならないことだった。

セナの細い体に祖先の血がかけめぐり、心臓が高鳴った。夕暮れの最後の日の光が草地にななめにさしこんでいる。そのとき、別のにおいがした。

ピューマ。

大きなネコが洞窟《どうくつ》の近くの木の上で体をのばし、川に向かう道にするりととびおり、サムとエルクの数メートルうしろを歩きはじめた。

クマ。

子グマが傷の痛みにがくがくふるえながら、川まで来た。水を求めて、耳の火を消してくれるものを求めて、いま〈消えどころ〉まで来た。自分の血の味がする。うしろ足で立ち、岩棚《いわだな》に前足をかける。水がほしい。

そこには先客がいた。セナは、牧場の男が松林のすみでじっと静かに待っているにおいをかぎとった。男はライフルを肩《かた》の高さでかまえた。銃把《じゅうは》をにぎりしめ、引き金にかけた指に力が入る。男は自分がはじめた仕事を終わらせようとしていた。

〝走って！　もっと速く！〟

ジュールズは〈消えどころ〉に近づいていた。セナはもっと速く走らなければならない。

最高に速く……。

「ジュールズ！」

「ジュールズ！」

「ジュールズ！」

キツネたちはセナを呼んだ。母さんも、父さんも、弟も、兄さんも。兄さんの声がいちばん大きかった。『帰ってこい。帰ってこい。帰ってこい』

「ジュールズ、もどれ！　クマがいる。ハンターも」男の人がさけぶ声。その人は走って川のすぐそばまで来ている。もうすぐ〈消えどころ〉だが、激しく落ちる水音のせいでジュールズには父親の声も、キツネの鳴き声も、なにも聞こえなかった。

セナが先に着いた。低い草やぶのなかで身をひそめる。すぐそばにジュールズがいるが、あたりが暗くなってきたせいでほとんど見えない。セナは全身の血が脈打ち、首の毛が逆立つのを感じた。

子グマはよろよろと川のわきへ出た。そこにはジュールズがいて、クマを見てちぢみあがった。その瞬間《しゅんかん》、ハンターが引き金を引いた。

セナが草やぶからとびだした。

39

落ちる。

落ちていく。

セナはどんどん落ちていく。

最初は雪。白い雪片は冷たく、羽のようだった。雪は、落ちていくセナの体を素早《すばや》くふわりと包んだ。いくつもの顔がうかび、こちらを見おろしている。ジュールズ、パパ、サム、エルク。姿を見せないピューマも。みんなの顔。ハンターがぎょっとして、なにかさけびながら走ってくる。クマは逃《に》げた。耳はまだ焼けるように痛かったが、森の奥《おく》へ帰っていった。

草地のほうからキツネたちの鳴き声がひびいていた。

セナはどんどん落ちていった。

上の世界からもうひとつの世界への狭間《はざま》へ落ちていきながら、セナはジュールズと目が合った。その目は大きく見ひらかれ、なにかがあふれていた。なに？　セナはジュールズの目をのぞきこみ、落ちていきながら待った。ケネンの感覚がジュールズのいま感じていることを教えてくれるのを待ったのだ。

そのとき、生まれたときからずっとそばにうかんでいた灰色と緑色の光が、青、赤、紫《むらさき》、黄……と何色もに変わり、その後、白く冷たい空気のなかに消えた。

セナは死ぬのだとわかった。

もうもどることはない。

足でふむとふかふかの茶色い土、ハタネズミやハツカネズミ、ななめにさしこむ日の光、ゆれる丈《たけ》の高い草、人目につかない獣道《けものみち》、そんなものがある上の世界とお別れだった。流れの激しい川や、遠くの尾根《おね》の上の雲ともお別れ。弟キツネ、父さんキツネ、母さんキツネとお別れ。そして兄さんキツネとお別れ。

兄さん。

その瞬間《しゅんかん》、セナはあらがった。どんどん落ちていく白い雪を前足で引っかく。上の世界へもどろうとあらがっていた。〝走れ、走れ〟走って巣穴へもどり、兄さんキツネのぬくもりに、黄褐色《おうかっしょく》の毛に、ゆらぐことのないおだやかさによりそいたい。

兄さん。

セナはもがき、闘《たたか》っていた。命が消えようとしているいまも、兄さんといっしょだった幼いころの記憶《きおく》がよみがえってくる。ぴょんととびかかり、前足でたたいて、たたいて、またたたく。新しい世界のやわらかく、いいにおいがする草の上で、じゃれあって、ころころ転がった。

でも時は過ぎ、もどらない。

もうおそい。もうおそい。

兄さんキツネはいまも上の世界にいて、セナは落ちていく。セナはあの世界にしがみつくのをやめた。落ちていこう。そして下を見た。

ずっと下のほうに、〈だれか〉がいた。赤茶色の髪《かみ》の女の人が両腕《りょううで》をひろげている。頭をすこしうしろへかたむけて、ずっと上にいるセナを見あげている。しっかりと目が合った。上の世界はもう消えて、腕《うで》をひろげた女の人が近づいてくる。その人は背を向けることなく、こちらを向いたまま。愛情が波となってセナにおしよせてきた。やっと会える！

それから落ちるのがゆっくりになった。雪片が赤茶色の毛にくっつく。新しい雪。胸をひらき腕《うで》をあげて待っている女の人の目には、ある表情がうかんでいた。セナはその表情を知っている。前に見たことがある。この〈だれか〉はセナをずっと待っていてくれた。

そしていま、セナは抱《だ》きとめられた。長い長いあいだ恋《こい》しかった腕《うで》に包まれた。

〝わたしのちっちゃな娘《むすめ》。わたしの子〟

そして名前を呼ばれた。

〝シルヴィ〟

40

キツネは落ちた。

空から、赤く燃える彗星《すいせい》となって地上へ落ちた。

もしかしたら、風になるかも。

もしかしたら、星になるかも。

もしかしたら、別の世界へ行くのかも。

もしかしたら、キツネになるかも。そして走って、走って、走って、魚雷《ぎょらい》より速く、音より速く、弾丸《だんがん》より速くなるかも。

もっと速く走れば、愛する人たちを守れるから。

41

偶然《ぐうぜん》だったとパパはいった。ふしぎな、思いもしなかった幸運が命を救ってくれたのだ、と。

「キツネがどこからともなくとびだしたんだ」サムがいった。

エルクとハーレスのおばあさんはなにもいわなかったけれど、エルクがおばあさんに腕《うで》を回して抱《だ》きしめるのをジュールズは見ていた。アーチャーさんは平あやまりにあやまった。「すまない。本当にすまない。クマを深追いするべきではなかった。本当にすまない」くりかえされるアーチャーさんの言葉はとめどなく口からあふれ、奈落《ならく》の淵《ふち》へ落ちていく水の流れのようだった。こうしていつまでもあやまりつづけるのだろう。

その夜おそく、みんながシャーマン家のキッチンに集まって、あの出来事についてさんざんしゃべって帰ったあと、ジュールズはパパとふたりになった。

「すごい偶然《ぐうぜん》だ」とパパはまたいった。「運がよかった。ぶじだったことを神様に感謝するよ、ジューリー・ジュールズ」

パパはそういうと、リビングルームへ行ってすわり、頭を下げ、両手の指を組んだ。

でもジュールズはキツネが命を救ってくれたのだとわかっていた。その理由を、いつの日にかパパやサムやエルクやみんなに話すかもしれない。でもいまは話さない。いまはまだ。

そのかわりジュールズはシルヴィのベッドに石をひろげて分類しはじめた。まずは火成《かせい》岩《がん》、堆積岩《たいせきがん》、変成岩《へんせいがん》の三つのグループに分け、それからグループのなかで大きさごとに分けた。それをさらに縦、横の列にして、円形にもならべた。手を動かしながら石の名前をつぶやく。「大理石。粘板岩《ねんばんがん》。結晶片岩《けっしょうへんがん》。珪岩《けいがん》。砂岩《さがん》。燧石《すいせき》。苦灰石《くかいせき》。瑪瑙《めのう》」

明日、エルクに瑪瑙《めのう》を返して、石の洞窟《どうくつ》の場所を教えるつもりだった。そっくりなふたごの瑪瑙《めのう》と別れるのはさびしいけれど、ジュールズは石を保管していただけで、やはりエルクの石……そしてジークの石だ。ジュールズはシルヴィがくれた大理石を手にとった。ジュールズのお気に入りの石。さわるとぬくもりがあり、片側はなめらかで、反対側はざらざらしている。シルヴィみたいだ。

この石を洞窟《どうくつ》へ持っていって、キツネをたたえるつもりだった。シルヴィもきっと賛成してくれる。もうあのキツネに会えないと思うと、悲しくて体がふるえた。悲しみといっしょに、感謝の気持ちがこみあげた。あの小さなキツネのおかげで、わたしはいまベッドの上でこうして生きている。

パパがドアをそっとノックした。

「ジューリー・ジュールズ？」

「あいてるよ」ジュールズが答えると、パパは入ってきて、ならべた石をぐちゃぐちゃにしないように気をつけてベッドのはしにすわった。

「もう奈落《ならく》の淵《ふち》へは行かないから」ジュールズはパパが禁止していたことをむしかえして、またルールの話をしに来たのかと思い、先にいった。パパはなにかいいかけて、やめた。もしかしたら、ジュールズがあまりにも静かにきっぱりといったせいかもしれない。

パパのひざの横に蛇紋石《じゃもんせき》があった。パパはそれを左手から右手に投げ、ふと手を止めて、石に書かれた願いごとを読んだ。

〝どんなに愛しているか、シルヴィにわかってもらえますように〟

「ああ、ジュールズ」

パパはここにいる。ジュールズもここにいる。ふたりとも守られたから。

ジュールズはよつんばいになると、ならべた石をぐちゃぐちゃにしながらパパのところまではっていった。石の角がひざにくいこみ、痛かったけれどかまわなかった。パパに抱《だ》きつき、そのままずっとじっとしていた。毛布にはたくさんの石が散らばり、ふたりだけになったシャーマン家のシャーマン銀河が静かにひろがっていた。

42

キツネが一匹《ぴき》きりで暗い森を歩いていた。ある場所でふりかえり、空気を深く吸いこんで、草と枝がつもった、自分が育った巣穴のにおいをかいだ。母さんも、父さんも、弟も、みんな、ねむっていた。あんなに何時間も泣いていた母さんもやっとねむった。〈消えどころ〉の向こうから弾《たま》が撃《う》たれて、宙をとんできた赤茶色の体が激流に落ちてのみこまれたあとも、母さんは警告のための甲高《かんだか》い母親キツネの声でいつまでも鳴きつづけていた。

キツネはいまその〈消えどころ〉にいた。流れの速い川が水しぶきをあげて落ち、低音をひびかせながらさらにスピードをあげ、地面の下に入っていく。キツネは妹のきらきらした目、すこし首をかしげて自分を見あげるしぐさを思いだしていた。幼いころ、妹とじゃれて、ころころ転がり、うなり声をあげながら前足でたたきあって遊んだことも思いだしていた。

あのころ、地上の世界は新しく知ることばかりだった。明るくて暖かな太陽、ゆらゆらゆれる丈《たけ》の高い草、松の木のにおい、雷雲《かみなりぐも》、草地の巣穴にかくれる生き物。

セナ。

セナは、夕方巣穴にもどると、背中に体をくっつけてきた。森のなかをセナについて歩いていくと、古い洞窟《どうくつ》があった。三日月型の池へ行ったときには、たくさんの発砲《はっぽう》があり、それを近くの木から静かでおとなしいピューマが見ていた。

キツネはゆっくり深く息を吸い、セナの毛のにおいを体にとりいれ、巣穴で背中におしつけられて感じた体のぬくもりと鼓動《こどう》を思いだしていた。

キツネはいま目をとじ、どこまでも高く広がり、星がきらめいて息づく空に顔を向け、その未知の世界へ悲しみをはきだした。

キツネが一匹《ぴき》。妹が恋《こい》しくて泣いていた。

謝辞

本は、たとえふたりの頭脳とふたりの心を合わせて書いたとしても、ひとりでに生まれるものではありません。完成までに大切な時間と知恵《ちえ》を貸してくださったすべての人に、なかでもリタ・ウィリアムズ＝ガルシアとダイアン・リンに感謝します。石とハンマーについての専門知識は、ケリー・ボウエン・ホワイトに心からお礼を。

万事《ばんじ》休すとなりそうなときに、エージェントのホリー・マギーに「とても気に入った」といってもらい状況《じょうきょう》は好転しました。またその後、世界でいちばんの編集長、ケイトリン・ドロウヒーが原稿《げんこう》に緑の鉛筆《えんぴつ》で鋭《するど》く適切な助言を書きこんでくれたおかげで、石だらけの森を、本当にゴツゴツの石だらけでしたが、ぶじに通りぬけることができました。

やさしい夫のケン、わたしが推敲《すいこう》を重ねるたび、車のなかで原稿《げんこう》を読みあげるあいだ、辛抱《しんぼう》強く運転してくれてありがとう。車ごと崖《がけ》から落ちなくてよかった。

最後に、人生において幸運であるといえば、もっとも必要とするときにソウルシスターが現れることでしょう。わたしにとって、それはアリスンです。こごえるような寒い夜、名高い教育機関であるヴァーモント・カレッジ・オブ・ファイン・アーツに入学するため訪れたノーブル会館ではじめて会ったときから、わたしたちはおたがいに言葉をつむぎあってきました。この本でわたしたちは飛躍《ひやく》し、飛んでいるあいだ、アリスンはずっとわたしの手をはなさずにいてくれました。

キャシー・アッペルト

＊

この本を書く力となったすべての人と動物に心から感謝します。以前、ワース・パークで娘《むすめ》のミンといっしょに見たキツネ、フロリダ北西部で友人のネルといるときにたびたび出会ったキツネ、昨年アーヴィング通りを歩いていたキツネに、ありがとう。

すばらしく優秀《ゆうしゅう》なエージェント、ホリー・マギーの洞察《どうさつ》と導きとゆるぎないサポートにいつも感謝しています。デヴォン・オブライエンとメアリー・ロックキャッスルは、数年前、ハムライン大学で初期の原稿《げんこう》を読み、忘れられない感想を伝えてくれました。ありがとうございました。ケイトリン・ドロウヒーには永遠の感謝を捧《ささ》げます。ケイトリンがいなければ、この本は（そしてほかの多くの本も）存在しないでしょう。

　そして最後に、シスターのキャシーへ。ヴァーモント・カレッジで出会ったのが十二年前。今回、いっしょに本を書こうと提案してくれたのはキャシーでした。はじめたときは、ふたり姉妹《しまい》と一匹《ぴき》のキツネが出てくる小説にしようということ以外なにも決まっていませんでした。四年間、毎週、原稿《げんこう》を行き来させる、というくりかえしはたいへんな作業でもあり、魔法《まほう》にかかったような楽しさもありました。かぎりない感謝と愛と真心を贈《おく》ります。

アリスン・マギー

訳者あとがき

悲しい話です。

でも、読みおえたときには、心があたたかくなっているのではないでしょうか。

アメリカ、ヴァーモント州の冬は長く、寒く、雪も多くふります。

雪がふった朝、ジュールズの目の前から森へ向かって走り出した姉のシルヴィは、スクールバスの時間になっても帰ってきません。ジュールズが雪道についた姉の足跡《あしあと》をたどっていくと〈奈落《ならく》の淵《ふち》〉で足跡《あしあと》は途切《とぎ》れていました――。

一方、森で子ギツネのきょうだいが生まれます。その一匹《ぴき》、メスのセナは親とも兄、弟ともどこかちがう、ふしぎな力をもつキツネでした――。

地域の人たちから〈奈落《ならく》の淵《ふち》〉と呼ばれる場所は、ホイッパーウィル川が急激に地下に吸いこまれるように流れおちる危険なところです。どの家でも子どもたちに、そこには近づくなと厳しく注意しています。でも、ジュールズたちにとっては、願いごとをかなえてくれるかもしれない〈願い石〉を投げこむ特別な場所でもあったのです。ちなみに、キツネたちは同じ場所を〈消えどころ〉と呼んでいます。

この本は、キャシー・アッペルトとアリスン・マギーの合作です。ふたりとも児童書、ヤングアダルト小説、絵本をたくさん執筆《しっぴつ》しているアメリカの作家。キャシー・アッペルトは『千年の森をこえて』（あすなろ書房《しょぼう》）で全米図書賞児童書部門ファイナリスト、ニューベリー賞オナーに選ばれました。また、アリスン・マギーは、アメリカでも日本でも多くの人に長く読まれている人気絵本『ちいさなあなたへ』（主婦の友社）の作者であり（絵はピーター・レイノルズ）、未訳の一般書《いっぱんしょ》ですが『Shadow Baby』ではピューリッツァー賞候補に選ばれたこともあります。本書をふたりで書くにあたって、人間視点の部分をアッペルトが、キツネ視点の部分をマギーがおもに担当したそうです。四年にわたる共同作業は、仲のいいおふたりとはいえ、相当な苦労があったのではないでしょうか。ジュールズの物語とキツネのセナの物語がまじわってくるあたりから、作者ふたりの呼吸もますます合って、読み手をぐいぐいひきこんでいきます。

さて、この本の魅力《みりょく》は、幻想的《げんそうてき》なファンタジーと、日常のリアリティがみごとにとけあっていることでしょう。とくに大切な人の死、残された側の喪失《そうしつ》の描写《びょうしゃ》は丁寧《ていねい》で、胸にせまります。悲しみを経験した人にとっては、この結末が悲しみをやわらげる一助になればと願います。

最後に、本書の翻訳《ほんやく》にあたりご協力くださった翻訳家《ほんやくか》のないとうふみこさんに心からお礼を申し上げます。

吉井知代子

二〇一六年九月

ホイッパーウィル川の伝説

2016年10月30日　初版発行
2017年 4 月10日　2 刷発行

著　者　キャシー・アッペルト
　　　　アリスン・マギー
訳　者　吉井知代子
発行者　山浦真一
発行所　あすなろ書房
　　　　〒162-0041 東京都新宿区早稲田鶴巻町551-4
　　　　電話 03-3203-3350（代表）
印刷所　佐久印刷所
製本所　ナショナル製本

 ISBN978-4-7515-2862-4
NDC933 Printed in Japan